LA SAGA
DES KRITER

MICHEL ETEVENON

LA SAGA DES KRITER

ALBIN MICHEL

22, rue Huyghens, 75014 Paris

ISBN 2-226-06116-9

EN France, et donc dans le monde, Michel Etevenon a donné sa crédibilité au sponsoring-voile avec Kriter, et créé la Route du Rhum, à une époque où il n'y avait de course qu'anglaise. Puis ce furent la Rochelle/la Nouvelle Orléans, Québec/Saint-Malo, Monaco/New York...

C'est en cela qu'il a inventé le métier de coureur au large. Il n'y en a pas un qui ne lui doive quelque chose. Dans les pages qui suivent le héros, moi je le sais, c'est Michel Etevenon.

Nous, les pilotes, n'avons fait que l'écouter: qu'il soit remercié d'avoir tant donné à notre sport et d'avoir écrit ces pages de nos histoires.

Olivier de Kersauson

AVANT-PROPOS

Si le nez de Cléopâtre avait été moins long, toute la face du monde en eût été changée.

Cette pensée profonde en forme de leitmotiv me trotte par la tête, sous le soleil blafard du tout petit matin, en cet automne 1973, sur l'autoroute d'Avallon en direction de Beaune.

Sur le site d'Alésia, un regret farfelu, si Vercingétorix...

Et si, et si...

C'est là que la lumière se reflète dans mon pare-brise, et que le mécanisme de ce que l'on va désigner sous le nom de sponsoring m'apparaît soudain comme évident.

J'aurai tout à l'heure le courage de proposer l'aventure nouvelle du tour du monde par les trois caps, Bonne-Espérance, Leeuwin et Horn, imaginée par les Britanniques, combinant les règles strictes de yachting avec une navigation hauturière osée.

Une petite entorse cependant: les navires pourront porter un nom de roture commerciale, à la condition toutefois qu'il ne soit ni indécent, ni polluant.

Mais comment le faire comprendre ?

J'y ai mis tout mon cœur et ma passion, sans être interrompu le moins du monde. Chemise trempée, j'ai terminé mon exposé dans un silence impressionnant. Long. Très long. Plus de deux minutes, avant que le verdict ne tombe avec un laconique : « C'est intéressant. Creusez donc !

Nous avons creusé ensemble, et il y a eu quelque chose de changé dans un domaine réputé inaccessible.

M. E.

SAGA n.f. Histoire d'une famille, d'un héros, ou d'un groupe humain qui présente des aspects mythiques ou légendaires.

(Petit) Larousse et *(Petit) Robert.*

Kriter I, Kriter II, Kriter III, Kriter IV et *V,* et *VI* et *VII,* et *VIII* et *IX, et X Kriter Lady I* et *II, Kriter Brut de Brut,* et *Patriarche, Quart Kriter* , *Kriter d'Honneur, Bouchon d'Or Kriter* , *Club Kriter* ...

Une *vraie* famille parce qu'elle avait un vrai père.

Un vrai père, toujours en avance d'un tour du monde dans le domaine des idées, comme ce voyage extravagant sur des lignes aériennes régulières des grandes compagnies mondiales, de deux bouteilles de vin donnant chaque jour de leurs nouvelles par télégramme.

Bref, un père, *in english sponsor,* visité par la vocation de la communication et de la promotion.

Un bâtisseur qui a ouvert le chemin du mécénat moderne.

Quelle chance pour le sport et la voile d'avoir rencontré André Boisseaux !

Un début c'est quand même pas le bout du monde...

EN 1973, une course autour du monde, c'est une aventure aussi mystérieuse, un peu plus peut-être même, que l'homme sur la Lune. La mer ne mettra d'ailleurs pas longtemps à sanctionner dramatiquement les premières erreurs ou les premières audaces.

Mais l'aventure a déjà convaincu ses candidats. Les dés sont jetés. Il y aura donc un bateau *Kriter* construit spécialement pour cette gigantesque épreuve. Jack Grout, son propriétaire, a présenté un projet séduisant, constitué quatre équipages devant se relayer pour les quatre étapes, avec quatre skippers chevronnés. Tout est pensé, fignolé.

Bien sûr, nous sommes des néophytes à tous les niveaux : coureurs, navigateurs, industrie nautique, mécènes, mais on improvisera sur le tas s'il se pose problème.

Avec des si, on a été plutôt gâtés.

Pêle-mêle ça a débuté très fort par le défaut moderne, la réunionite. Nos poètes de la mer, nos rêveurs, nos cow-boys tenaient réunion sur réunion pour refaire le monde et l'océan, avec accompagnement d'attachés-cases et de problèmes psychologiques, du genre : comment faire cohabiter sur aussi peu de mètres carrés des hommes qui n'avaient aucune vocation à vivre ensemble. D'aucuns proposaient de la musique. Classique, variétés ou jazz ? Autant de sujets de discorde. La création d'une chorale fut même envisagée, pour meubler les temps morts, avec ou sans décor de corsaires-pour-rire, et de refrains agressifs pour aller à Valparaiso, en tricorne et en tenue de pirate. À ce propos ma mémoire est fidèle : s'ils n'ont pas atteint le Chili, ils sont quand même passés à la télévision. Tous les défauts qu'on aime, ils les collectionnaient : convivialité, fantasmes, scoutisme, adresse, courage et mauvaise foi.

Le bateau était donc en construction à Saujon, tout près de Royan où il serait mis à l'eau, simple formalité ou presque. Bien sûr il fallut le sortir de son hangar en agrandissant la porte, résoudre un problème pointu dès le premier virage, un peu court entre deux murs de pierre, et frôler de trop près un arbre centenaire, subir l'admiration des vaches laitières le long des pâturages, et profiter de la bienveillante protection de la maréchaussée avant l'aspersion purificatrice de la bénédiction, et l'outrage des chaussures impies sur le joli pont en teck.

Bref le bateau est construit, baptisé, béni, gréé, et le voilà en Angleterre dans la cour des grands, à Portsmouth, dans l'arsenal de Sa Très Gracieuse Majesté, à couple avec un autre bateau français, la dernière invention d'Éric Tabarly, notre porte-drapeau, le *Pen Duick VI* pour lequel la presse française a les yeux de Chimène, au moins un œil, l'autre étant occupé à admirer les merveilles qui mettent en valeur les oranges vertes concoctées par l'importateur de Kriter-sparkling-wine pour décorer les T-shirts de ses hôtesses d'accueil, premier contact avec le merchandising.

Plus vite, plus vite, souhaitez-vous. Bien pensé, car en fait la course n'est pas encore partie, l'arrivée prévue dans huit mois, et il va s'en passer des choses. D'abord le départ des dix-sept concurrents représentant sept nations, dans une atmosphère digne de la bataille des Saintes, entourés de centaines et de centaines de bateaux de tout poil, voiliers, vedettes, ferries, périssoires, barquettes et même baignoires qui vont se taquiner à touche-touche avant le coup de canon définitif. *Kriter* n'est pas premier sur la ligne de départ, mais il reste 50 000 kilomètres à parcourir. Jugement à revoir.

Ils sont partis. Avec un petit pincement au cœur. Reviendront-ils tous? Il n'y a plus qu'à attendre de leurs nouvelles. C'est là qu'on va rapidement découvrir que la radio ne marche pas aussi bien qu'on pouvait l'espérer, surtout quand on est tout sauf un spécialiste. Et sans radio la course perd de son intérêt.

Le répondeur de la Royal Naval Sailing Association diffuse des bulletins à intervalles réguliers et nous dévoile les beautés du temps compensé, quelque chose du genre des problèmes de robinet de notre enfance, mais très britannique, dans le plus pur style de l'indice de performance des 24 Heures du Mans. Pour simplifier, disons que le bateau de tête n'est vraisemblablement pas le premier.

Et comme par miracle j'ai presque tout compris, je présente à l'Agence française de presse une courtoise rectification pour son dernier bulletin avec, pour résultat précis, une fin de non-recevoir assistée de commentaires peu aimables, à l'égard de ceux qui ont eu l'élégance de soutenir le défi. Ça changera très vite. Tout va vite d'ailleurs et le *Pen Duick VI* fend les flots, imagine des parcours osés et démâte. La France s'enflamme. *Kriter* est en tête. C'est moi qui prends feu. Je vérifie l'information une bonne dizaine de fois en Angleterre. C'est trop beau.

En effet, *Kriter* se plante dans une zone désespérément calme à quelques jours de l'arrivée à Cape Town, et termine en position médiocre alors que Président, Présidente, Staff, Familles, Amis, Équipages et Skippers de relais ont bouleversé les compagnies d'aviation pour arriver à temps, pour se délecter du triomphe.

Le métier rentre.

On apprendra incidemment qu'un de nos hommes est malencontreusement tombé à l'eau et a été repêché grâce à ses réflexes et à sa volonté de vivre, qu'un spectacle féerique attendait *Kriter* à l'ouest de l'Afrique du Sud avec des théories presque sans fin de phoques et de manchots, mais hélas sans photos. On découvrira à cette époque, peu à peu, les merveilles de ce bout du monde, les fleurs de Bonne-Espérance, la beauté des cils des autruches déjà immortalisée par Walt Disney, les panneaux de signalisation inconnus en France, tels que *Beware Elephants* en bord d'une nationale, les mouettes de la baie des Baleines, les vagues de l'océan Indien, la magie du Krüger Park, le rhinocéros blanc, les antilopes, les lions, les girafes et les springboks, les éléphants, les hippopotames, les jacarandas tout bleus sur des dizaines et des dizaines de kilomètres carrés, des couchers de soleil inoubliables, et la lourdeur des formalités sous douane.

Et dans un coin privilégié de la mémoire, une réception fantastique offerte aux concurrents et aux officiels, avec un discours exceptionnel du sponsor en français, en anglais, et même en afrikaans pour honorer Mme la mairesse de Cape Town, devant une salle en délire et un fou rire communicatif dû aux difficultés de mariage de la langue au prononcé néerlandais avec l'accent bourguignon.

*

Les lampions se sont éteints. Sur le bateau, comme prévu Michel Malinovsky a cédé son commandement à Alain Gliksman pour affronter les quarantièmes rugissants et nous sommes revenus à Paris pour suivre la deuxième étape où *Kriter* prend un départ plein de promesses et sans complexes avec une grand-voile toute neuve, dont la livraison m'a coûté presque deux jours de démarches.

Éric Tabarly, au prix d'une formidable course contre la montre de Rio de Janeiro à Cape Town a réussi à ramener *Pen Duick VI* et son nouveau mât pour disputer régulièrement la victoire à Sydney. C'est loin l'Australie, pratiquement au-dessous de nos fesses en passant par le noyau central. On découvre, en tant que mauvais élèves de géographie et analphabètes de la mappemonde, la simplicité biblique des positions en latitude et en longitude. On se pique au jeu avec des punaises de couleur, avec des attitudes de penseur de Rodin, pour supputer le chemin parcouru par nos chevaliers dans ce tournoi moderne. D'autant plus que l'on vient d'être jugés dignes de jouer avec des calculettes « étudiées pour », c'est-à-dire savamment programmées en fonction de la courbure de la terre.

Les balises n'existent pas encore. La radio est douteuse, les informations tendancieuses, l'intox règne. Ce grand défi à l'aventure humaine, cette exploration angoissante auxquels nous nous attendions n'étaient en fait qu'un grand jeu de Monopoly et de poker menteur.

Chaque jour, deux fois par jour, les répondeurs téléphoniques de Portsmouth nous présentent des classements provisoires basés sur des informations reçues optimisées ou minimisées. Un jour *Kriter* est dernier, mais il y a des lendemains qui chantent. *Pen Duick VI* ou *Great Britain II*, orgueil de l'Angleterre, filleul de la princesse Anne, ont jusqu'à deux jours d'avance. Le téléphone ne chôme pas. Il y a les parents, les amis, les copains, les femmes, les cousines, les groupies assoiffés de nouvelles fraîches. J'en ai compté jusqu'à quatre douzaines en une seule semaine.

Ce qui nous incite à mettre la vitesse de croisière pour gérer ce jeu d'un nouveau genre. On s'est presque endormis dans la routine, quand nous subissons coup sur coup deux rappels à l'ordre sans recours. Paul Waterhouse, équipier anglais d'un bateau italien, a perdu l'équilibre dans la tempête et a disparu dans l'océan Indien. Stupeur sincèrement apitoyée. À quelques heures de là, Dominique Guillet, un de nos plus sûrs espoirs, est tombé à son tour, lors d'une manœuvre hardie, et la panique envahit la flotte au moindre craquement dans la quille ou le gouvernail. Les radios fonctionnent, les cassettes enregistrent sur fond de cris d'albatros. L'Opéra de la mer joue tragique.

C'est d'ailleurs avec ce masque que nous allons découvrir nos héros fatigués. « Nous », les supporters de choc, qui avons traversé la moitié du monde pour les accueillir, après vingt-trois heures de vol non stop. Quelle belle surprise, les voilà dans le groupe de tête ! Mais les barbes mal rasées, les yeux creux présagent des moments difficiles.

Le mot est un peu faible pour désigner ce qui semble tourner à la mutinerie. Il n'y a en vérité que le *vulgum pecus* pour prendre pour argent comptant le fait que, sur un bateau, le commandant soit seul maître après Dieu. À bord on discuterait plutôt. De rien et de tout. Des décisions concernant la voilure, la météo, le chemin à prendre, le menu, des heures de repas comme celles de travail. Des choses très simples prennent de la hauteur : par exemple, certains aimaient le raifort passionnément ou pas du tout ; d'autres font des boutons parce qu'un équipier a une prédilection pour manger avec ses doigts. Bref, et j'aurai l'occasion de l'expliquer très gentiment en son temps aux journalistes locaux, le malaise n'est pas très grave et provient uniquement de ce qu'il est patent que la vie en collectivité est difficile au-dessus d'une personne.

*

Kriter n'est pas encore à quai que j'ai deviné l'essentiel. Le barreur qui doit être remplacé m'a déjà demandé, les mains en porte-voix, confirmation que ses billets de retour sont prêts. Deux autres équipiers souhaitent un entretien toutes affaires cessantes et vont quitter le bord, deux autres encore annoncent leur démission. C'est un raz de marée de fatigue, de stress, de mésentente, de découragement. La mesure est pleine quand Jack Grout me fait part de son abandon, le prix de l'aventure étant trop élevé pour lui, Alain Gliksman qui vient de renverser le classement de *Kriter*, désormais troisième de la course, y va lui aussi de son couplet de mal-aimé par un équipage qui le critique et traîne les pieds. Ce bateau que j'ai défendu et qui a déçu mes espoirs les plus fous à Cape Town, qui vient contre toute attente de réaliser une performance inespérée et de s'avérer comme un outsider redoutable, va être condamné faute de combattants à un retour peu glorieux et renvoyé en France sur un cargo, en paquet-cadeau.

La mode étant déjà à la concertation, on va concerter à

tout-va, debout sur le quai, hors de portée des oreilles indiscrètes, si possible, assis sur des cordages, à l'abri d'une cabine, à l'écoute de l'enregistrement du cri des albatros ! Comme je l'ai déjà entendu si souvent, il n'y a pas de problèmes, il n'y a que des solutions. Il y en sûrement une. Il y en a une. Mais il me faut téléphoner au sponsor pour lui expliquer la situation, et lui annoncer ma décision de prendre un avion, dès ce soir, pour monter à Beaune en discuter avec lui, malgré le monstrueux décalage horaire. Comme André Boisseaux est un sponsor qui décide, la réponse est nette, claire, sensée et humaine : puisque j'ai une solution, je n'ai qu'à l'appliquer. Un peu fatigué, je constate dans le miroir de ma chambre d'hôtel que je ne me suis pas méfié des ciels couverts de l'hémisphère Sud, et que j'ai récolté un somptueux coup de soleil à en trembler la nuit. Par la même occasion, pour ceux qui font confiance au dictionnaire Larousse, je suis devenu en quelque sorte subrécargue, sans le savoir.

Avec le feu vert, le poids des péchés du monde est plus facile à supporter. Bien sûr il y a des problèmes. Tout sera prêt à temps dans la mesure de nos moyens. Untel et untel, vous avez donné votre parole à un autre concurrent ? Vite, vite, emballez vos affaires et ne faites pas attendre ceux qui vous ont fait confiance. Vous qui voulez rentrer à la maison, allez-y. Vous, Georges Commarmond, tout le monde vous aime, mais vous avez charge d'âmes. Quand vous aurez fini votre recherche de ravitaillement, il vous restera à tester et faire votre choix parmi les meilleurs vins d'Afrique du Sud et d'Australie pour le bien-être de vos camarades. Cela fait quand même beaucoup d'occupations. L'équipe de relève est arrivée, mais Yves Parent est obligé aussitôt de déclarer forfait, pour raisons familiales justifiées. Tant pis, il ne sera pas cap-hornier mais P-DG de boissons gazeuses, en attendant de devenir un aquarelliste de marine de renommée mondiale.

Michel Malinovsky est revenu au charbon pour épauler Alain Gliksman. Et le nouvel équipage va donner à *Kriter* un look nouveau et un safran en meilleur état.

Alors, on va pouvoir un peu « communiquer » même si ce n'est pas encore la mode. Avec l'appui de Mme Boisseaux et de son fils Jacques, nous allons organiser un dîner à la française au grand hôtel Wentworth de Sydney où, par une chance inouïe le chef est français. Tous nos compatriotes de la ville viennent à l'aide pour que cette soirée soit un grand succès. Le directeur de l'UAT aéromaritime met à notre disposition son staff de public-relations et sa grande ordonnatrice des mondanités. Nous épluchons les fichiers, quoique mis en garde contre un optimisme trop parisien. En Australie, et particulièrement à Sydney, il y a beaucoup de soirées prévues, et l'on doute quelque peu de notre réussite, les invitations demandant environ trois semaines pour être efficaces. Avec l'expérience reçue de Bruno Coquatrix à l'Olympia, je persiste, insiste et en rajoute. N'ai-je pas aperçu sur un journal du matin une manchette annonçant en gros caractères dimanche Saint-Martin favori. Je ne sais pas où est notre super-jockey, mais il ne me semble pas insurmontable pour un service aussi bien équipé de trouver son adresse. Il suffira de lui dire la joie que nous aurions à le compter parmi nous.

Ce soir-là, à 19 heures, nous apprenons avec satisfaction que, à l'étonnement général, la gentry locale en grande majorité s'est montrée friande de francophonie et de curiosités. Quant à Saint-Martin... si, si, on l'a bien trouvé, on lui a fait la commission, mais il ne pourra pas venir. Parce que Saint-Martin, c'est un cheval* !

Le dîner sera triomphal, le chef et son équipe ayant mis les petits plats dans les grands pour servir la réputation mondiale de la cuisine française. À la table d'honneur, aux côtés du colonel Whitbread, une brochette éblouissante de nos champions nationaux : Éric Tabarly, Alain Colas qui fait un tour du monde en solo sur son *Manureva*, ex-*Pen Duick IV*, Alain Gliksman, Jack Grout, qui ne pourront retenir leur souffle ni leurs larmes de rire au discours impromptu autant qu'irrésistible d'un faux pochard bilingue, Olivier de Kersauson.

Un autre dîner officiel offert par la représentation française réunira encore, juste avant Noël, les principaux équipages. Avec une particularité peu banale, puisqu'il s'agira là de fêter le 14 Juillet, reculé pour de sombres raisons politiques et nucléaires.

Jack Grout rentre en France. Adieu l'artiste : vous serez quand même dans l'histoire un des tout premiers à avoir « senti » le sponsoring. Dans les bagages de Malinovsky, un drôle de petit bonhomme s'est glissé, avec des cheveux noirs peignés à l'afro, une sorte de Noah vraiment breton, qui s'avérera d'une efficacité multiple, doté en plus d'une bonne humeur et d'une drôlerie communicatives. Pierre Lenormand pour vous servir.

Avant la Saint-Sylvestre, le départ sera donné. Sans doute pour permettre à tous les concurrents de se souhaiter la bonne année par radio, en BLU ou en VHF. Mais ça commence mal pour *Pen Duick VI* qui, dès le 1er janvier, perd à nouveau son mât et doit s'en retourner à Sydney.

* Yves Saint-Martin m'a confirmé en riant le baptême de ce cheval en l'honneur de ses victoires en Afrique du Sud.

Pour la quasi-totalité des participants, c'est l'étape de vérité, avec la sanction suprême : tous ceux qui atteindront Rio et les délices brésiliens feront partie d'une élite maritime, celle des cap-horniers, lesquels selon la tradition ont le droit de pisser au vent.

*

Le train-train a repris ses usages. On s'interpelle, on se renseigne, on se bluffe. Tout particulièrement dans le clan franco-britannique, où les salons nautiques de Paris et de Londres reçoivent des informations flatteuses. Vivement les balises qui n'existent pas encore. À bord de *Kriter*, un grave conflit oppose Georges Commarmond, le bosco, et Alain Gliksman, le chef de bord, sur un sujet de la plus haute importance diététique : la cuisson des pommes de terre sautées. L'un étant partisan de les passer au beurre, l'autre exigeant de les traiter à l'huile. Toujours cette difficulté de cohabitation, d'autant plus que les mousses au chocolat aussi délicieuses que lourdes à digérer font des dégâts dans le personnel navigant.

Ce n'étaient là que billevisées. Nouveau coup de tonnerre à la hauteur de la Tasmanie, à bord de *Great Britain II.* Un des parachutistes de l'équipage de Chay Blyth, le Tabarly anglais, est tombé à la mer et les secours ont été inutiles ! Sur le bateau allemand, *Peter Von Danzig*, un équipier a été blessé et débarqué; *Kriter* a été projeté par une lame et le pont s'est soulevé, provoquant trois ou quatre centimètres de jeu. Les vitesses sont élevées avec des pointes jusqu'à vingt nœuds. Le méridien 180, qui marque la moitié du tour de la terre, a été franchi et les acteurs ont ainsi « gagné » un jour en se retrouvant soudain la veille.

C'est un festival d'icebergs et de growlers et les contacts radio se font rares. *Kriter et Sayula*, le mexicain qui défend sa première place, se passent et se repassent pour nous compliquer la vie et nos espoirs. La Royal Navy a dépêché *Endurance*, un navire de surveillance, pour contrôler et éventuellement faciliter le passage du cap Horn. L'équipage anglais a imaginé un accueil spécifique pour chaque navire concurrent et offre à nos représentants un super french-cancan exécuté avec musique et fanfare. Or *Kriter* bénéficie de conditions exceptionnelles, et se fait complaisamment photographier devant le « terrible » cap Horn en plein jour par mer calme – ou presque –, ce qui lui vaudra un succès considérable auprès de la presse internationale, et sa presque-entrée au *Petit Larousse illustré*. Mais *Sayula* gâchait un peu le plaisir avec ses deux heures d'avance.

À peu près au même moment, un navire-école, qui doit rejoindre la course à Rio pour disputer la dernière étape perd un homme au cours de sa traversée vers le Horn. L'addition est lourde.

À partir des îles Falkland ou Malouines, les shorts réapparaissent et la petite laine se supporte. Bientôt le soleil luit et le bronzage commence. Sur la ligne d'arrivée, *Sayula* ne précède *Kriter* que de trois heures, et le pavillon tricolore se paie ainsi la troisième place du podium, ou plutôt des mâts du Iate Clube de Rio de Janeiro, l'un des plus beaux du monde, face au Pain de Sucre, et prend la deuxième place au classement général. M. le consul général de France en avisera notre attaché naval, qui aussitôt viendra de Brasilia saluer ses compatriotes.

Il ne nous reste plus qu'à bien gérer l'escale dans un environnement paradisiaque, accompagné de grandes découvertes, comme le jus de maracuja ou fruit de la passion, les cocktails apparemment anodins de caipirinha, la tequila, et les festivals de viandes grillées dans les churrascarias autour de Fluminense, le grand stade de football de renommée mondiale, et vivre le Carnaval. Le Carnaval de Rio est unique. Il a déplacé le show-bizz du monde entier. Les célébrités parisiennes viennent grossir nos troupes, admirer et essayer les monstres de la Whitbread, Maurice Siegel, Eddie Barclay, Bernard Chevry, Marcel Amont vont partager nos joies et nos espoirs.

M. le consul général Paolini, pour nous démontrer l'intérêt qu'il porte à la présence, en rade de Rio, du pavillon tricolore aux mâts du Iate Clube, a décidé d'ouvrir spécialement le consulat, la nuit du défilé des écoles de samba, à tous les Français de la course et de son environnement. Et comme, cette année-là, les fenêtres donnent sur le meilleur emplacement, c'est là une récompense inoubliable.

On a beau lire, on a beau entendre, il faut voir cet événement extravagant, au cours duquel pendant trois jours la folie collective s'empare de la ville au rythme des batucadas, les batteries lancinantes, les costumes éblouissants, les chars, les musiques, les courses entre autobus, le bruit des boîtes de bière ou de Coca et même les jeunes mamans esquissant les pas de la samba en poussant le landau de leur bébé.

N'oublions pas la course. Entre-temps, *Adventure*, le concurrent anglais de la Navy, a repoussé *Kriter* à la troisième place, quand, soudain, une simple note accrochée au mur du PC nous apprend que, par décision du jury, le rating de *Grand Louis* a été révisé et qu'André Viant et son équipage nous renvoient à la quatrième place. Ce qui provoque chez moi un sursaut et me fait demander raison à l'amiral Steiner, grand patron du tour du monde. Son explication très britannique est courte :

« Soyez sport... Michel ! » En rugby, il m'aurait renvoyé à dix mètres, mais l'utilisation surprenante du prénom a eu quand même un effet lénifiant.

Bref. Il faut préparer la suite, trouver des pièces, aller rechercher des voiles à l'aéroport, et surtout avitailler pour la dernière étape. Tout un programme, car il me faut des factures, des justificatifs et du détail. On espère toujours le retour de *Pen Duick* pour le dernier départ, et dans les temps.

Le bal du Iate Clube, sommet des mondanités, va virer au vinaigre. Tequila, caipirinha, ambiance chaude amèneront des chutes involontaires, puis provoquées, d'invités et d'invitées en smoking et en robes du soir dans la piscine, à bonne température, il est vrai, mais très humide. Dix-huit années après, je ne suis pas sûr que l'outrage ait été pardonné.

Sur Copacabana, la traversée du boulevard sur le front de mer est périlleuse car, m'a-t-on dit chez les Brésiliens pince-sans-rire, les voitures ne ralentissent pas puisque c'est aux piétons de s'arrêter. On m'a d'ailleurs filmé du haut d'un balcon dans mon pas de la bécasse – un pas en avant, deux pas en arrière.

Le jour J se pointe à nouveau. Les bateaux partiront séparés, à un et deux jours d'écart, les petits d'abord, les moyens ensuite, enfin les grands. Tout cela parce que les organisateurs ont imaginé de tenter de les faire arriver groupés à Portsmouth autour du dimanche de Pâques.

Sur le quai, à l'approche de *Kriter*, boîtes de conserve, boîtes de bière, fruits, légumes, caisses, sacs ont été livrés et attendent l'ordre de chargement. Mais j'ai demandé apparemment une chose incongrue, une facture détaillée, et reste de glace pour le paiement sans cette pièce que j'estime indispensable. Quel ne sera pas mon ahurissement quand les employés du supermarché m'apporteront, avec sourires de sympathie, hochements de tête et claques dans le dos, une énorme bobine de caisse enregistreuse. La vérification et la transformation en facture nous amèneront assez loin dans la nuit.

*

Les meilleures choses ayant toujours une fin, voilà *Kriter* sur le site de départ, en compagnie de *Sayula*, et des anglais *Second Life* et *Burton Cutter.* Il ne manque que *Pen Duick* dans la catégorie mais nous ne le verrons définitivement plus. L'amiral Steiner va tirer magistralement le coup de canon du départ.

Burton Cutter et *Kriter* vont rester un bon moment à se balancer mollement, littéralement collés sur la surface de la mer, alors que *Sayula* et *Second Life* profitent de vents de terre. Je reçois aussitôt la parole divine dont je ferai bon usage : la voile c'est bien, mais il faut du vent... même à dix mètres près.

Avec le système de départ morcelé, nous avons la démonstration de l'effet « passage à niveau », car il est évident qu'aucun des trois groupes n'a les mêmes conditions climatiques, et les bateaux ne sont pas arrivés à Portsmouth selon les vœux de l'organisation. Pour *Kriter,* la dernière étape a été frustrante, les options parfois pile ou face, le ravitaillement insuffisant, au point qu'une manne céleste de poissons volants a sans doute évité de se demander qui... qui serait mangé, et la quatrième place définitivement acquise, au détriment de la troisième définitivement manquée.

Mais en coupant la ligne à la bouée de Bambridge, le tour du monde a bien été bouclé par *Kriter* en quatrième position sur seize partants. La distribution des prix chez le lord-maire de Londres nous vaut même les félicitations personnelles de Son Altesse Royale le duc d'Édimbourg. Dans un élan de sportivité, je congratule André Viant d'avoir mené *Grand Louis* à la première place française (à quelques heures près quand même) en lui proposant pour une prochaine fois d'associer nos forces, au lieu d'en découdre. Sa réponse sans équivoque me fait comprendre sa volonté irréductible d'indépendance. On en reparlera, comme on remettra en question la philosophie de la course hauturière.

Mais ceci est une autre histoire

* 1 mille nautique = 1852 mètres = 1 nœud.

WHITBREAD ROUND THE WORLD RACE

1re étape : PORTSMOUTH (UK)/CAPETOWN (Afrique du Sud)
7 090 milles* – départ 8 septembre 1973
2e étape : CAPETOWN (Afrique du Sud)/SYDNEY (Australie)
6 550 milles – départ 7 novembre 1973
3e étape : SYDNEY (Australie)/RIO DE JANEIRO (Brésil)
8 370 milles – départ 29 décembre 1973
4e étape : RIO DE JANEIRO (Brésil)/PORTSMOUTH (UK)
5 560 milles – départ : échelonné en fonction du handicap

Classement final

Temps compensé

1. SAYULA II
2. ADVENTURE
3. GRAND LOUIS
4. **KRITER**
5. GUIA
6. GREAT BRITAIN II

etc.

Temps réel

1. GREAT BRITAIN II
2. SAYULA II
3. **KRITER**
4. SECOND LIFE
5. GRAND LOUIS
6. ADVENTURE

etc.

KRITER

Type : monocoque
Architecte : Auzépy-Brenneur
Longueur : 20,27 mètres

Équipage :

F.X. Aubry de la Noé (2e étape)
Mickael Austin (3e étape)
Alain d'Auzac (4e étape)
Philippe Bayle (1re et 2e étapes)
Alain Benech (4e étape)
Pierre Bonnet (4e étape)
Armand Broyelle (3e étape)
Joël Charpentier (2e et 3e étapes)
Georges Commarmond (tout le tour)
Bernard Deguy (1re étape)
Jean-Louis Duboc (1re étape)
Michel Girard (1re et 2e étapes)
Alain Gliksman (2e, 3e et 4e étapes)
Jack Grout (1re et 2e étapes)
Hugues Lallemand (1re et 2e étapes)
Bernard Lauvray (1re et 4e étapes)
Pierre Lenormand (3e et 4e étapes)
Michel Malinovsky (1re, 3e et 4e étapes)
J.C. Montesinos (2e, 3e, et 4e étapes)
Patrice Quesnel (tout le tour)
Didier Roquet (3e et 4e étapes)
Guy Schwartz (3e étape)
O. Stern-Veyrin (1re et 2e étapes)
Gilles Vaton (tout le tour)

La suite est souvent au prochain numéro

OLIVIER de Kersauson m'a téléphoné pour me demander un rendez-vous. Kersauson ! Le vrai Kersauson de Pennendreff, dit le Vicomte, l'âme damnée de Tabarly – j'oserais dire le Saint-Suaire –, le compagnon des *Pen Duick*, le partenaire d'Alain Colas, le Kersauson inénarrable de Sydney, le même qui sait ouvrir les portes de *Paris-Match* et « causer dans le poste ». Sa présence me fait plaisir, mais m'étonne. Pour lui je suis un OVNI, nous n'avons pas tété le même lait, et j'ai déjà droit à son regard méfiant. Kersauson dans mon bureau ! C'est à quel sujet ? Ben, voilà, il ferait bien la Clipper Race, la nouvelle course autour du monde en deux étapes, imaginée par le grand journal de Londres, le *Financial Times*, sur les traces du record centenaire d'un grand lainier britannique du nom de *Patriarch*.

Je suis au courant, d'abord parce que pour moi il est évident qu'il manque un e à *Patriarch**, et qu'ensuite il va

* Cela n'avait aucune chance d'échapper au publicitaire que j'étais, chargé de clamer à tous les vents la qualité des grands vins « Patriarche Père et Fils ».

de soi qu'il n'est pas le premier à poser sa candidature. J'ai déjà mon opinion à ce sujet – je suis presque devenu professionnel maintenant – et pense que le *Pen Duick VI* de Tabarly doit actuellement être parfaitement au point pour gagner l'épreuve et plaire aux médias. Mais jamais Tabarly n'acceptera de débaptiser son bateau. Tout au moins jusqu'à aujourd'hui puisque Kersauson test le seul à qui le grand marin pourrait confier son voilier. C'est ce qu'il est venu me dire.

Le virus me saisit aussitôt. Je réfléchis parce que je suis déjà convaincu. Contrairement à ce qu'il pense d'une façon outrancière et que je lis aisément dans son regard, je ne vais ni l'éconduire ni le mener si je puis dire en bateau. Je suis sûr à tort ou à raison qu'il est l'homme de la situation et qu'il faut maintenant pouvoir trouver le comment alors qu'il m'a déjà dit le principal, c'est à dire le combien.

– Vous m'avez bien fait rire à Sydney, lui dis-je avec votre numéro de faux pochard bilingue.

– Pourquoi faux? me répond-il avec un air doucereux.

Je reprends mon bâton de pèlerin, mon courage à deux mains, la voiture, l'autoroute par le petit matin, et explique le pourquoi. À dire vrai, mon raisonnement ne fait pas l'unanimité, même avec ce que je considère comme un clin d'œil du Bon Dieu, ce *Patriarch* auquel il nous faut ajouter un e, le nôtre. *Pen Duick VI* et Kersauson m'ont quand même obtenu ce que politiquement on désigne par ballottage. Ballottage favorable même car l'ex-, mais futur sponsor, toujours aussi laconique avait presque décidé de la suite par un bref: – Faut voir. Creusez donc.

Kersauson avait vite pris ses habitudes et campait quasiment peu à peu dans mon bureau. De réunion en réunion une date fixe avait été décidée pour rassembler toutes les autorisations nécessaires lorsque l'imprévu arriva sous forme d'une conversation téléphonique. Éric Tabarly faisait part à Kersauson de son regret, mais aussi de la non-disponibilité de son bateau pour le projet en cours.

Je n'avais jamais vu pareille transformation. Devant moi, Capitaine Courageux s'était transformé en poupée gonflable, mais pas gonflée. Des larmes de rage s'étaient instantanément formées au bord de ses yeux. L'homme gisait prostré sur sa chaise. Pour le réanimer, je lui posais une question :

– Alors qu'est-ce qu'on fait ?

Incrédule devant ma réaction, un flot d'imprécations l'envahit.

– Qu'est-ce que vous voulez qu'on fasse ? Il n'y a rien à faire. Je n'ai plus de bateau. Je n'ai plus rien.

Je lui fis alors remarquer qu'il lui restait cependant trois téléphones sur mon bureau, et qu'il me semblait bien, ou plutôt même que j'étais certain qu'il avait des idées précises sur tous les bateaux des cinq continents. J'ajoutai qu'il n'y avait pas une seconde à perdre pour tenter de trouver le voilier compétitif de ses rêves.

Et malgré la nécessité, malgré l'urgence, Kersauson allait me démontrer pourquoi j'avais raison de croire en lui, aucune proposition ne justifiant à ses yeux la confiance du sponsor. Tous les catalogues y passèrent. Les noms les plus prestigieux, américains, anglais, espagnols, italiens, argentins, australiens avaient, chacun pour soi, tous les défauts de la terre.

De l'autre côté du Channel les organisateurs avaient tout lieu de se faire des cheveux. Aucun bateau ne semblait capable de tenir la dragée haute à *Great Britain II*, réarmé par les services combinés de Sa Très Gracieuse Majesté qui avaient déjà soumis à la sélection près de neuf cents hommes de la Navy, de la RAF, de l'Artillerie, de l'Infanterie et que sais-je encore. Chaque jour, l'organisateur en chef de l'opération, Anthony Churchill, cousin à la mode de (Grande-)Bretagne du grand homme d'État, essayait de me convaincre d'armer un bateau de Frenchies.

C'est un journaliste anglais très compétent, une des têtes pensantes de l'épreuve, qui me mit sur la piste. Un personnage assez étonnant que cet Alec Beilby, nationaliste exacerbé, qui, ayant longtemps vécu dans le sud-ouest de la France, en avait conservé l'accent de Mazamet, le port du béret basque et l'accordéon du dimanche.

J'attendais Kersauson avec impatience pour voir son premier sourire quand je lui annoncerais l'éventuelle possibilité de charteriser le grand *Burton Cutter* de Leslie Williams, superbe navire de croisière de vingt-quatre mètres, qui avait obtenu ce qu'il est convenu d'appeler les honneurs de la ligne, c'est-à-dire, en français, gagné la première étape de la course autour du monde en temps réel.

La vie n'étant faite souvent que de déceptions, j'ai eu droit à un torrent de mépris. Ce bateau que j'avais la sottise de trouver séduisant n'était qu'un fer à repasser, particulièrement bien pensé pour son bar, ses cabines spacieuses dotées de salles d'eau si ce n'est de salles de bains ! Et comme j'insistais en rappelant sa performance – il avait devancé, sans discussion, l'inapprochable *Great Britain II* –, Kersauson se laissa aller, lassé, à conclure du bout des lèvres, en haussant les épaules, par un « Faut voir ».

Alors on a été voir. À Cannes tout d'abord où Leslie Williams faisait escale. Mais il y a des centaines et des centaines de bateaux, à Cannes !

– Et alors, dit Kersauson les yeux plissés, il est là-bas.

Et c'est là-bas qu'il nous attendait, et que j'attendais le

1

2

Résoudre un problème pointu dès le premier virage... admiration des vaches laitières le long des pâturages... aspersion purificatrice de la bénédiction... et premier contact avec le merchandising.

3

4

F 5784

5

6

André Boisseaux, pour honorer la Mairesse de Cape Town, lui tient à peu près ce langage (en afrikaans) : « *Laat my toe om u te bedank vir die voorreg wat u ons gun om deel te hê aan hierdie ontvangs wat'n merk nalaat op ons pad deur hierdie wonder-like land Suid-Afrika, etc.* »

Dîner triomphal à Sydney. A la table d'honneur, le colonel Whitbread, Eric Tabarly, Alain Colas, Alain Gliksman, Jack Grout... manque Saint-Martin.

7

Un faux pochard bilingue, Olivier de Kersauson.

26 janvier 1974 - 11 h 01 GMT - photo historique ! *Kriter I*, premier voilier français au Cap Horn dans la première course autour du monde, Whitbread Round the World Race, la Course du Siècle, est saisi pour l'éternité par l'objectif de Slim Mac Donnell, à bord d'*Endurance*, le bateau de surveillance de la Royal Navy. ◁

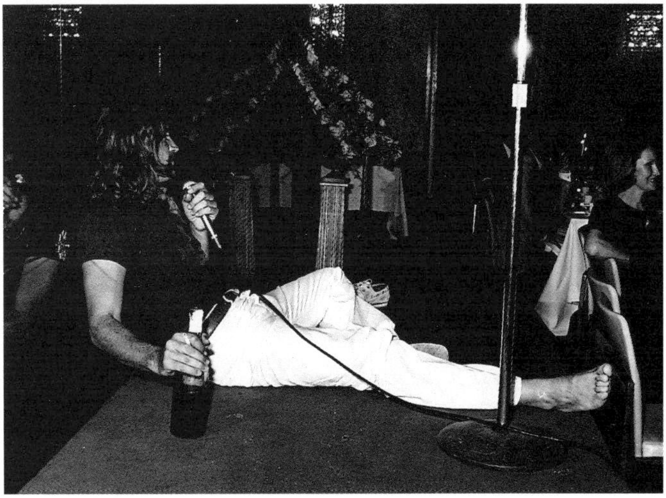

8

9

Salut l'artiste ! Jack Grout est dans l'histoire l'un des tout premiers à avoir « senti » le sponsoring.
Alain Gliksman, super-technicien, auteur de méthodes universellement reconnues, incollable sur les chiffres (sauf peut être 2 et 2).

10

11

Michel Malinovsky : les idées modernes au service d'une ancienne tradition, à bord de *Kriter I.*

Sous le commandement d'Alain Gliksman, *Kriter* prend un départ de régatier à Cape Town sous la Table du Roi.

Sydney. Les concurrents de la 3e étape prennent un joli départ qui méritait bien la prise de vue d'avion.

▷

13

14

Le clipper lainier écossais *Patriarch* réalise, en 1869-1870, le parcours Londres-Sydney et retour en deux fois 69 jours. Il faudra 106 ans pour qu'un voilier - et même deux - fassent le même parcours en moins de temps : *Great Britain II* et... *Kriter II,* commandité par la grande marque de vins française Patriarche.

Le 31 août 1975, dans l'estuaire de la Tamise, *Kriter II* quitte Londres sous le commandement d'Olivier de Kersauson. ▷

15

F 6658
KRITER

17

Le superbe maxi-monocoque *Great Britain II*, filleul de la princesse Anne, qui venait d'être dépassé aux alentours de la Tasmanie, vole au secours de «l'ennemi bien-aimé», *Kriter II,* qui a lancé une fusée de détresse à la suite de la perte de son gouvernail.

18

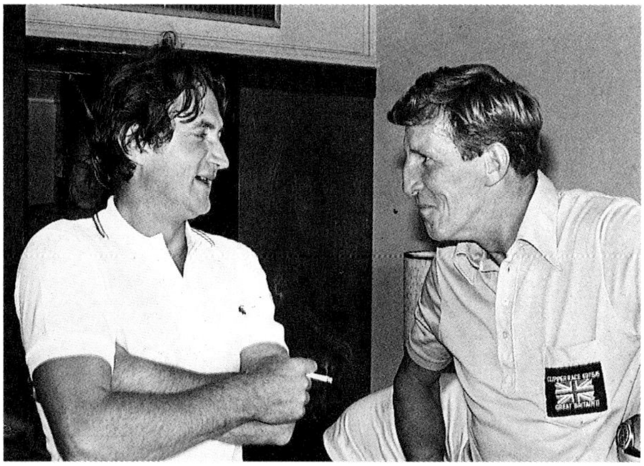

Olivier de Kersauson et Roy Mullender s'étaient exercés avant le départ à une partie de bras-de-fer.

Le film tiré de cette aventure a obtenu le premier grand prix de l'Aventure à La Plagne et le récit, un succès de librairie considérable.

19

ravissement et la décontraction de celui qui avait bien failli voir son rêve partir en fumée. Ce n'était pas encore le jour ! Après avoir demandé de lui prêter un crayon, il avait sorti de sa poche un cahier d'écolier, pour noter les pour et les contre. Avec très peu de pour.

Il fallait encore voir. Et, pour mieux voir, un voyage à bord s'imposait. Il fut convenu que Kersauson rejoindrait Leslie Williams en Grèce pour remonter *Burton Cutter* sur l'Angleterre en condition de course avec Pierre English, vieux compagnon d'équipage, SOS-médecin dans le civil.

Kersauson surgit dans mon bureau avec sa mine des mauvais jours, mais encore un peu plus lugubre.

– C'est foutu ! Il faut tout reconstruire et il est trop tard.

*

English avait abandonné très vite. Il me semblait quand même qu'un conseil d'un technicien, et plus, qu'un expert serait utile. Gérard Petipas, partenaire des *Pen Duick* et capitaine au long cours, rejoignit amicalement le chantier anglais de Lymington, et sa conclusion, si elle manquait d'enthousiasme, fut quand même plus nuancée et ses recommandations plus réalisables.

Un petit saut de puce à Antibes et à Monaco pour rencontrer John Haeffner, le broker chargé des intérêts de Leslie Williams et contre toute attente notre proposition de favoriser la rénovation du bateau aux dépens de sa location fut acceptée.

Il fallait donc s'attaquer d'urgence au recrutement de l'équipage, à l'examen des candidatures, avec un ukase de Kersauson : pour mériter cette aventure et faire partie de l'équipage, il fallait rejoindre le chantier toutes affaires cessantes, et savoir que la nourriture était le seul salaire. Et le miracle allait s'accomplir comme dans l'Évangile, avec beaucoup d'appelés et peu d'élus, à tel point que le tam-tam arrivait aux oreilles de la presse.

Jean-Michel Barrault, le spécialiste du Figaro et de Neptune, toujours aux aguets, me faisait part de son étonnement et de son incrédulité.

– À deux mois du départ, Olivier va réunir un équipage convenable ?

Et de me demander des noms, crayon levé, prêt à noter.

Peu familiarisée encore avec ce problème, ma mémoire s'appuyait sur la mnémotechnie. Je commençais donc par les membres de la famille :

– Il y a de Kersauson, Bruno de la Sablière, Vincent de Kerviler...

– Vous n'auriez pas un Dupont ? mais en un seul mot ?

L'intervention n'était pas méchante, plutôt souriante. Je n'avais pas de Dupont, mais du François Boucher, Daniel Gilard, Jacques Arestan, Alain Labbé, Meulemeester, Pascal Guillemet, Christophe Smith, Gilles Varillon, Julien Gildersleeve, le chef de pont de Leslie Williams – Kersauson m'avait imposé cet Anglais dans un équipage français sous le prétexte qu'il savait où l'on éteignait les lumières –, le docteur Boivin, que j'estimais absolument indispensable pour un tour du monde, Yves Olivaux, ancien pilote de Boeing et navigateur hors pair.

– Pas nécessaire, me disait Kersauson, parce que le parcours est simple : on descend tout droit et on tourne à gauche.

– Mais où ? avais-je répondu, avec mon côté saint Thomas.

Il y avait encore l'homme aux doigts de fée, le cuisinier sardonique inspiré, Georges Commarmond, voilier et gréeur incomparable, dessinateur, sculpteur, etc.

Et le drapeau français flottait sur Londres à deux pas de

la Tamise et de Tower Bridge, où le bateau était arrivé à la dernière limite pour une cérémonie de baptême pas comme les autres puisque le chanoine Bourgeon avait quitté sa collégiale de Beaune pour sa bénédiction en terre d'Albion avec un goupillon béni par le pape Jean XXIII lors de son passage en Bourgogne.

Étonnés, les journalistes anglais nous avaient fait remarquer qu'il y avait à Londres beaucoup de prêtres catholiques et romains.

Peut-être, avions-nous concédé, mais ils sont anglais.

L'humour british étant de mise, Alec Beilby ne s'en était pas privé dans ses commentaires puisqu'il expliquait à ses lecteurs que si les Français avaient engagé un bateau dans cette course anglaise, c'était pour en appeler d'une très ancienne défaite subie à Trafalgar (!).

L'humour à la française avait une tout autre image sur les quais, la nuit précédant le départ, les retards accumulés amenant l'utilisation de toutes les bonnes volontés, président compris, à se transformer en dockers pour charger l'avitaillement.

Le départ avait lieu à l'embouchure de la Tamise, à Sheerness pour être plus précis. Quatre concurrents seulement se présentaient au départ: deux grands, l'anglais *Great Britain II* et le français *Kriter II* et deux petits, le hollandais *Great Espace* et l'italien *CS e RB II.* Deux bateaux, c'était pour les détracteurs un désastre. Mais deux qui se transforment en duel, ce peut être génial.

Les dernières heures avaient été pénibles. Course contre la montre pour régler les détails – Olivier avait laissé par exemple ses contrats en panne avec son éditeur. La famille était là presque au grand complet. Et particulièrement ses parents qui avaient quitté la Bretagne, contrairement à tout ce qu'il avait pu me confier.

– Vous savez, baron – il m'appelait ainsi parce qu'il estimait que j'étais son baron Bich* à lui –,je suis toujours indésirable dans les réunions familiales, personne n'a levé le petit doigt pour m'encourager, mes parents s'intéressent peu à ce que je fais. Vous verrez d'ailleurs ce que je leur dirais, si par hasard ils venaient.

Ils étaient tous là, ou presque, à bord d'un steamer poussif loué par l'importateur de Kriter pour assister au démarrage de cette aventure extravagante. Kersauson avait beaucoup plus d'amis qu'il ne le pensait prêts à lui souhaiter bon vent – le buffet superbe et tentateur tiendrait quand même le coup. M. et Mme de Kersauson père et mère du héros avaient conquis la sympathie de tous et plus particulièrement Mme de Kersauson avec son regard bleu des horizons sans fin.

– Voyez-vous, monsieur, il n'y a qu'un commandant français, et c'est mon fils; j'ai un peu l'impression de remettre au monde mon enfant.

Jean-Michel Barrault, qui me serrait de près dans le bateau surchargé, me glisse à l'oreille:

– Le canard s'est mué en cygne!

Le cygne-canard ayant au même instant touché une petite risée commençait alors à semer lentement, mais sûrement, notre embarcation. Et comme il avait promis un mot historique, nous eûmes le privilège de le voir retirer son bonnet de laine rouge et dire en regardant sa mère:

– Au revoir, maman.

*

* Le grand industriel français avait donné l'exemple du mécénat dans l'America's Cup.

Le temps d'un sourire, d'un adieu de la main et notre steamer avait fait demi-tour. Affamés d'émotion, nous avions envahi les buffets, et *Great Britain II* avait passé la bouée de dégagement avec à peine cinq minutes d'avance sur *Kriter* – une babiole sur un aussi long parcours –, quoique Kersauson ait eu l'occasion une fois de nous faire réfléchir sur l'addition à payer dans un cas similaire :

– Cinq minutes par jour, par exemple sur soixante-sept jours qui est notre objectif, ça fait trois cent trente-cinq minutes soit cinq heures et des poussières.

Ils avaient vite disparu à l'horizon, tout était rentré dans l'ordre. Sur *Kriter*, la première journée avait été surtout consacrée à ranger des vivres, mais déjà le bateau français avait fait la bonne surprise de se faufiler dans le Fromveur au point de déboucher dans l'Atlantique à égalité du camarade anglais.

Puis, comme Kersauson l'avait déclaré, c'était tout droit avant de tourner à gauche et les deux grands concurrents déboulaient dans l'océan, creusant chaque jour le même écart avec leurs compagnons hollandais et italiens. La bonne tenue du « fer à repasser » et de son équipage de néophytes commençait à intéresser l'opinion. Les séquences radio étaient régulières, et l'information plus riche.

Quatre heures du matin. La sonnerie du téléphone explose.

– Allô, baron ? C'est moi, Olivier. Je vous appelle de la ligne zéro.

– Quoi ?

– L'équateur, quoi ! Réveillez-vous.

Je me réveille, particulièrement touché de ce que je considère comme une gentillesse. M'appeler de la ligne zéro constitue une attention subliminale. Je m'enquiers aussitôt des rites et festivités du célèbre passage de la ligne. La réponse est glaciale.

– Vous vous trompez de numéro de téléphone. Ici, c'est un bateau de course, ce n'est pas la croisière gastronomique.

Bien. Je fais mon mea-culpa. Je pensais que, comme pour *Kriter I*, les bizuths avaient eu droit à des attentions particulières, surtout dans un endroit aussi calme.

Kersauson rectifie le tir.

– Ouais. J'ai autorisé le cuistot à faire des œufs à la neige.

– Parfait. Qui a monté les blancs en neige ?

Ma réponse est déconcertante.

– Qu'est-ce ça peut vous faire ?

– Rien si ce n'est qu'il sera possible de communiquer son nom.

– Et si je vous dis que c'est Alain Labbé.

– Nous pourrons alors ajouter qu'il s'agit là du fils d'un amiral.

– Ça n'intéresse personne.

Objection, Votre Honneur, car il y a eu des amateurs et ça a déclenché un besoin de détails humains pour accompagner les renseignements techniques.

Vers Tristan da Cunha, par exemple, cette île britannique à partir de laquelle il sera logique de commencer à tourner à gauche, *Kriter* et *GB II* sont situés régulièrement à vingt milles l'un de l'autre. Kersauson voudrait bien connaître l'état d'esprit et « la frite des Anglais ». Il appelle par radio le skipper Mike Gill, responsable de la première étape, et se fait passer pour le skipper de *Great Escape*, le concurrent hollandais, dans un langage britannique truffé d'accent néerlandais, plein de « crics et de cracs ». Un peu intrigué de cette proximité surprise, mais sans inquiétude, le commandant Gill répond très aimablement aux questions : il fait beau, on a touché un vent comme ceci, la surface de la mer est aimable, on va très vite, on ne sait pas où est *Kriter*...

– Derrière vous, s'esclaffe Olivier, qui vient de faire son numéro à succès qui le conduira tout droit au show-bizz.

En attendant il faudra galérer, collectionner les problèmes, passer sur une dame cachalot qui dormait à fleur d'eau avec ses trois petits, souffrir du froid, choisir des options, et pas toujours la meilleure. Olivier qui a fait la Whitbread sur le *Pen Duick VI* se souvient des quarantièmes rugissants où les vents étaient si violents, il connaît le chemin. Mais cette fois, c'est l'inverse, et *Great Britain,* qui a écouté sans les entendre, c'est juré, des renseignements qui volaient dans l'éther depuis des unités de guerre portant sans doute l'Union Jack, a attaqué l'océan Indien plus haut, où les conditions climatiques seront tellement favorables et décourageantes que *Kriter* va volontairement s'abstenir de toute indication par vexation et désolation. Tant et si bien d'ailleurs que les Anglais vont se demander si par hasard ces diables de Français n'auraient pas trouvé le vent, et qu'ils descendront à leur tour aux quarantièmes pendant que nos preux chevaliers vont remonter. Ce chassé-croisé ayant pour résultat final de diminuer de moitié l'écart à l'entrée du détroit de Bass.

Mais nous qui avons de nouveau parcouru la moitié de la Terre pour les accueillir et les consoler, ne savons pas encore que les plus de trois cents milles qui les séparaient ne sont plus qu'à peine cent soixante. À l'entrée du Yacht Club, à Rushcutters Bay, le commodore me reçoit cérémonieusement avec un sonore :

– *Congratulations, sir, your boat is winning.*

Je trouve la plaisanterie plutôt mauvaise. Mais les nouvelles se multiplient, l'écart n'est plus que de trente-cinq milles et *GB II* est arrêté. Mon cœur aussi.

Ce n'est pas possible : une arrivée au sprint après douze mille milles !

En se traînant à vitesse d'escargot, le grand *Great Britain* réussit à atteindre la ligne d'arrivée en précédant *Kriter* de six petites heures, vous savez bien : cinq minutes par jour pendant soixante-sept jours. Je réussis alors la plus belle photo de ma vie en allant à la rencontre d'Olivier, les yeux rivés sur le tableau arrière de son rival.

Quel chagrin et quelle déception ! L'équivalent d'un demi-pneu aux 24 Heures du Mans.

À peine accosté, il se tourne vers moi et me crie d'une voix neutre :

– Alors, baron, vous avez entendu ce que j'ai dit à ma mère ?

Et de son pas bien équilibré d'ours à bicyclette, il s'en va surveiller Georges Commarmond, en tenue de plongeur, tout noir de néoprène vêtu, qui grille d'envie d'aller examiner les bosses provoquées par les vingt tonnes de Mme Cachalot.

Le long des quais, un peu en hauteur, une vingtaine de jolies Australiennes jaugent et supputent les qualités de ces aventuriers. Olivier Douin, le banquier, officier de terre désigné par le Yacht Club, comme pour *Kriter I*, et sa femme Marie-Claude ont préparé le barbecue idéal : bœuf et pommes de terre. Patrick Meulemeester, dit Goinfreau, fera honneur à sa réputation en ingurgitant sans problème sept bavettes de forte taille.

Nous n'allons pas tarder, parents, amis et journalistes, ainsi que Jean Castel, supporter n° 1, d'apprendre que Kersauson, tel le capitaine Crochet, maltraite ses hommes qu'il considère comme du bétail et qu'il y a de fortes chances pour qu'aucun ne remonte à bord.

Kersauson explique calmement que le plus grand danger dans ces mers peu accueillantes est la routine, qu'un homme à l'eau est un homme mort, qu'il est indispensable d'être constamment vigilant, et que la seule solution pratique pour rester en éveil est la haine. Il ajoute malicieusement que malheureusement notre société interdit d'utiliser les vergues pour pendre haut et court.

*

Incidemment nous apprenons que *Kriter II* remporte l'étape en temps compensé.

*

Les félicitations pleuvent sur papier bleu avec des signatures de poids. Edouard Heath, Premier ministre de Grande-Bretagne et célèbre skipper de *Morning Cloud*, l'amiral Joire-Noulens, chef d'état-major de la Marine, Pierre Mazeaud, ministre des Sports, conseiller d'État et alpiniste de renommée mondiale, André Boisseaux, Bernard de Fallois l'éditeur, Gaston Defferre, le maire de Marseille, amoureux de courses au large et fin barreur de *Palynodie*, et puis des noms célèbres et des moins célèbres, les inconnus et les fans, des amis et même des ennemis. Kersauson ne sait plus où donner de la tête, mais un télégramme lui tient particulièrement à cœur, celui de l'amiral commandant en chef de la flotte française, qu'il plie et déplie jusqu'à limite de résistance et qu'il ne peut se lasser de relire à haute voix:

« Bravo. Tout ce qui vogue sur tous les océans du monde avec un pavillon tricolore est de ma compétence ! »

– Vous vous rendez compte, baron. Un amiral avec tellement de galons d'argent qu'on dirait un arbre de Noël et qui m'écrit – à moi – qui n'ai jamais pu être même marin de première classe !

Le train-train de l'escale va prendre sa vitesse de croisière, entre les réceptions, les conversations intimes, les surveillances de chantier, les interviews, la vie au soleil, et finalement le héros réunit ses troupes.

– J'ai entendu à la cantonade, que certains d'entre vous ne veulent pas remonter à bord. Qu'ils se manifestent pour que je puisse retenir leurs billets d'avion ! Une fois, deux fois, trois fois. Adjugé. Tout le monde repart pour gagner la course. Et, pour gagner, il faut travailler dès demain matin.

Satisfait de son effet, Kersauson quitte son équipage et monte dans la superbe voiture américaine rouge, que Jean Castel a louée et prêtée au skipper de *Kriter II.*

À bord de *GB II* l'équipage au complet a été renouvelé et le commandement confié à Roy Mullender qui a déjà mené *Adventure* dans la Whitbread et qui ressemble à Lucky Luke. Mullender dirige l'école de voile de la Navy. C'est un dur-gentil. Le grand bateau rouge est constamment prêt à recevoir la reine d'Angleterre, pas un instrument qui ne soit à sa place. L'ordre règne à l'intérieur, à l'extérieur et sur le quai.

Ça diffère un peu du charme poétique des Français. Le ministre des Sports de la province de Sydney a visité *Kriter II,* et n'a pas caché sa surprise devant le côté spartiate de ce yacht d'apparence milliardaire, qu'il a trouvé plutôt apparenté à un navire de guerre.

Nouveauté pour la deuxième étape : un grand voilier australien, *Anaconda,* doté de tout ce qu'il faut et plus particulièrement de frigos, de douches, de moquette, de chaîne hi-fi, que nos compatriotes ont instantanément surnommé « Maxim's sur mer ».

21 décembre : Patrick Meulemeester décide de rester aux antipodes. Gilles Varillon, que Kersauson avait débarqué au profit du médecin et qui avait trouvé emploi sur le bateau italien, rejoint *Kriter* juste le temps nécessaire de boucler son sac.

Par le bon plaisir des organisateurs, les coureurs réveillonneront en mer, à Noël et au jour de l'An.

Sur le quai, près du Yacht Club, la belle voiture rouge américaine de Jean Castel est bien seule sur le parking, d'autant plus que par inadvertance Olivier a conservé ses clefs.

Amis et supporters ont repris leurs bâtons de pèlerins pour rejoindre Paris le plus rapidement possible, au prix du voyage non stop et du décalage, épuisants.

*

À Paris justement où le journaliste Alec Beilby, un des auteurs de l'épreuve, vient d'arriver à Orly. À peine installé dans son taxi, la curiosité le démange de savoir si SA course a atteint en France la notoriété auprès du grand public.

– Avez-vous entendu parler de la Clipper Race ? La course des voiliers autour du monde ?

Le chauffeur, tout en conduisant, se retourne pour répondre à son interlocuteur avec volubilité :

– Un peu, ouais ! C'est celle que Kersauson a gagnée !

Un jaillissement d'adrénaline inonde le patriotisme de Beilby et l'oblige à rectifier :

– Non. Vous vous trompez, c'est *Great Britain II* qui est

arrivé le premier en Australie, Kersauson a gagné *seulement* en temps compensé.

Sans réduire la vitesse de son véhicule, le chauffeur se retourne à nouveau, et d'un grand geste du bras droit réfute définitivement l'argument.

– Mon pauvre vieux, c'est en temps compensé que courent les voiliers. Il ne faut pas dire n'importe quoi quand on ne sait pas...

Noël est tout proche et chacun rejoint sa base pour les fêtes rituelles. J'ai donc rejoint Nice avec la promesse imprudente de ne pas parler de bateau pendant huit jours, c'est-à-dire jusqu'à l'année prochaine.

Il y aura bien une petite entorse puisque le dîner de réveillon du jour de l'An a été prévu chez Mme Olivaux, la femme du navigateur de *Kriter* qui habite sur les hauteurs de Cimiez.

Pour Noël on regarde la télé, on déguste des huîtres d'Oléron, on joue au yam et on sombre dans le sommeil du juste. Justement coupé par la sonnerie du téléphone amplifiée par le silence ambiant de la nuit.

Malhabile dans l'obscurité pour ne réveiller personne, je bute dans tout ce qui se présente, portes, tables, téléphone, mais je pense avec joie à l'extrême gentillesse de Kersauson – c'est sûrement lui – qui a choisi le jour de Noël pour se manifester.

Je décroche le combiné. C'est bien lui. Il parle d'une voix hachée.

– On avait dépassé l'Anglais. Et tout à coup la barre est devenue folle. On a perdu le safran.

Et là-dessus de tout m'expliquer en vrac. *Kriter II* venait de créer l'incroyable en prenant la tête de la course, la barre qui soudain ne répond plus, l'examen, tête sous l'eau, par Arestan puis par Kersauson, les fusées de détresse lancées à à l'intention de *GB II* dont le skipper se méfie, croyant à une plaisanterie française, les quelques mots échangés entre les deux capitaines, la phrase chevaleresque de Roy Mullender : « Sans vous la course n'a plus d'intérêt. »

À je ne sais plus quelle heure du matin il est pour moi, dix heures de plus pour eux, ma cervelle fonctionne mal. La seule chose que j'entends bien c'est qu'il n'y a plus rien à faire et que *Kriter II* va retourner en arrière, en Tasmanie ou à Sydney. J'ai juste le temps de préférer la dernière solution puisqu'il s'agit d'une confrontation sur un parcours déterminé. Écœuré, Olivier me téléphonera demain, dès qu'il aura pu réaliser un gouvernail de fortune avec les moyens du bord.

– Ne vous inquiétez pas, ajoute-t-il d'une voix lugubre.

Et il raccroche. Je n'ai plus qu'à en faire autant et à me recoucher.

Pas longtemps d'ailleurs, puisque le téléphone s'excite à nouveau. Je bondis. Kersauson a dû oublier quelque chose d'important. Ce n'est pas lui, c'est un journaliste d'une,station périphérique qui a tout entendu sur la fréquence BLU avec saint Lys Radio*, et qui m'accable de questions. Puisqu'il a tout entendu, il n'a plus qu'à attendre demain la prochaine vacation. Je raccroche poliment. Le téléphone sonne à nouveau. C'est un autre poste, et ça va durer des heures. Les journaux s'en mêlent. Les interviews pleuvent sur les ondes avec des élucubrations, des suppositions, des simulations. La rumeur enfle. Alain Colas intervient sur RTL pour expliquer à tout un chacun la simplicité biblique d'une réparation de fortune que l'on apprend à l'école de voile. Éric Tabarly répond avec mesure aux questions d'Europe 1. À vingt heures la nouvelle tourne au drame.

* Centre radio maritime

Bien entendu aucun appel du bateau. Le lendemain, à partir de 4 heures du matin, la valse des téléphones remet ça. Mais je demeure stoïque puisque Kersauson m'a dit de ne pas m'inquiéter. Et pourtant je reçois aussi des appels d'Angleterre et d'Australie. C'est fou ce que le téléphone arabe a pu divulguer mon numéro. À Sydney, on me demande même si je souhaite l'envoi de recherches.

Les TV s'en mêlent et commencent à diffuser des images de l'équipage à Londres et à l'escale. Mais je ne dois pas m'inquiéter puisque l'on m'a répété qu'il ne fallait pas s'inquiéter et que la réparation de fortune est un jeu d'enfant, même dans les mers maussades.

Le troisième jour les familles me retrouvent aussi, et il faut faire face avec calme.

Un coup de téléphone inattendu va quand même me perturber.

– Allô, Michel Etevenon ? C'est Éric...

En vérité, je ne connais pas beaucoup d'Éric. Mon interlocuteur précise :

– Éric Tabarly. Pouvez-vous me redire ce qu'Olivier vous a dit dans sa dernière communication, parce que je m'inquiète un peu ?

Je ne m'inquiète pas et Tabarly s'inquiète. Alors là mon optimisme en prend un coup, parce que, si Tabarly s'inquiète, je devrais, moi, être terrorisé.

Au premier contact avec l'Australie, je demande aux officiels de commencer les recherches qui vont s'avérer négatives à la tombée de la nuit. La pression monte. Les titres des journaux rivalisent de sublime : « *Kriter* coule à flots », « Pas de mousse à se faire », et le trombinoscope apparaît bientôt en images : treize hommes et un skipper.

Le 29 décembre, certains articles emploient le passé : radios, TV ouvrent leur « journal » avec l'équipage en ordre de faire-part, et toujours rien de *Kriter II.* À deux doigts du découragement, je rappelle les Australiens qui ont décidé d'envoyer en mission un Hercules de la Navy, avion sophistiqué de recherches sous-marines pour tenter de repérer le bateau, sans doute disloqué, et les quelques survivants, que je ne suis pas loin d'imaginer en haillons et prêts à tirer à la courte paille.

La fiesta des téléphones n'a pas cessé et l'Australie me rappelle. En moins d'une heure, Hercules a repéré, survolé *Kriter* qui revient sur Sydney à la vitesse très correcte de cinq nœuds. En VHF, on a pu savoir que la radio était en panne. Les « naufragés » étaient en train de bronzer sur le pont. On les attend à Rushcutters Bay pour le 4 janvier.

*

Ils sont rentrés. Tout va donc maintenant se simplifier... si Kersauson veut bien arrêter de jouer à cache-cache. J'ai beau lui téléphoner chez les Douin, il semble m'éviter. Enfin il se décide à sortir de sa cachette, avec sa voix des grands jours, cassante et désagréable au possible.

– Ouais, baron, qu'est-ce que je peux faire pour vous ? J'ai cassé, on a perdu : qu'est-ce que vous voulez de plus ?

– Où en est-on ? Qu'y a -t-il de réparable ? Combien de temps et combien tout court ?

– Il faut un chantier disponible, nous sommes ici en période de vacances d'été, et de toute façon la course est définitivement perdue.

– Puis-je vous rappeler qu'il s'agit aussi d'un record de Sydney à Londres ?

– Et alors ?

– André Boisseaux vous conseille de tout faire pour être

prêts le plus rapidement possible. Surveillez les devis et j'arrive sous quarante-huit heures et puis...

– Et puis quoi encore ?

– Il me serait agréable de vous voir à l'aéroport.

Il y était quand je suis arrivé. Sans fleurs, mais sans couronnes. En quelques heures il s'en était passé, des choses ! Olivier Douin avait trouvé le chantier miracle, des ouvriers excités par le challenge, et reçu les plans originaux du navire. Le bateau mis à sec, un petit drame interne s'était produit : il avait fait débarquer Christophe Smith coupable de désertion... du chantier pour un dîner intime.

Je l'avais convaincu de la valeur du défi. Avec un peu de chance, c'était jouable. Il restait encore quelques détails à régler avant le re-départ qui lui serait donné sous contrôle de la Royal Australian Naval Sailing Association. Et, pendant qu'on y était, il pourrait même choisir la date de départ en étudiant soigneusement les probabilités atmosphériques. L'important, c'était le nombre de jours et d'heures du trajet par rapport à ceux de *GB II* et du fantôme de *Patriarch*. Les réparations terminées, *Kriter II* avait fière allure.

Le héros ayant repris des plumes, l'appétit s'était réveillé. Ce qui nous amena à convenir d'un bon souper d'avant-départ en compagnie de Jean Noli..., son historiographe, à l'hôtel Wentworth, le Ritz de Sydney. Mais, Ritz ou pas Ritz, les Australiens dînent tôt, et lorsque Kersauson se décida à être prêt, le service était terminé. Une seule solution pour éviter les sandwiches : utiliser le room-service dans ma chambre d'hôtel.

Aussitôt dit, nous voilà au quatorzième étage, à l'étude du menu. Kersauson m'arrache le téléphone estimant que mon anglais n'est pas suffisant pour passer commande.

– Vous ne pourriez pas me faire plus de plaisir. J'adore dîner en chambre. Noli aussi, d'ailleurs. N'est-ce pas, Jean ?

En moins de temps qu'il ne faut pour l'écrire, ils s'étaient transformés en bédouins à l'aide de mes draps et de ceux du lit jumeau... pour faire une bonne surprise au maître d'hôtel qui viendrait dresser le couvert.

Le butler, très british, subit sans broncher deux ou trois allées et venues de nos hôtes depuis leur PC-salle de bains, ouvrit les bouteilles, mit en route le chauffe-plat et sortit, très digne.

Essoufflés de rire, Noli et Kersauson m'interrogèrent :

– Qu'est-ce qu'il a dit ?

– Je pense qu'il ne vous a pas vus.

*

Roy Mullender et son équipage de *GB II* avaient passé le Horn en vingt-six jours, la veille du nouveau départ de *Kriter II.* L'enjeu était encore plus intéressant par le fait que l'on connaissait dès lors les temps de passage de chacun et le record de référence. Les relations entre le skipper français et ses hommes avaient viré au miel, sans doute parce que chacun avait fait des progrès.

Départ-canon des tueurs de *Kriter*, pressés de rencontrer le souffle des icebergs. Une communication radio au cent quatre-vingtième pour savoir quel jour on est, le silence stressant des jours d'approche du cap Horn – hors d'écoute pour l'Europe. À nouveau les questions des parents, des amis. On a beau avoir de l'expérience, on a du mal à s'y faire. Et puis la délivrance, le coup de téléphone du petit matin.

– Allô, baron. C'est moi. On a passé le Horn avec trois jours d'avance sur les British.

C'est bien, mais ce qui est surtout bien, c'est de les entendre, de savoir qu'ils ont évité les icebergs jusqu'à présent. Et il ajoute :

– Baron, pouvez-vous nous rendre un service ?

Je suis prêt à tout.

– Vous seriez gentil de téléphoner à Radio-Tahiti pour les remercier. Toute la semaine on a fait le disque à la demande.

Je n'en crois pas mes oreilles. Pendant la période classique de silence à l'approche du cap Horn, ils participaient à des jeux radiophoniques et il n'était venu à personne l'idée de me donner de leurs nouvelles. Même aujourd'hui, je crois bien que je n'en suis pas encore remis !

– Au fait, baron, avez-vous pu faire quelque chose pour votre vieux machin qui veut toujours courir la Transat en solitaire ?

– Passez-le-moi.

Yves Olivaux, notre merveilleux navigateur sexagénaire, prend le combiné, marmonne deux ou trois mots de politesse et tente d'excuser le comportement de Kersauson.

– Veuillez m'excuser mais le retard que nous avons pris avec ce satané safran va me faire rater mon objectif.

Je le laisse un peu patauger pour lui assener d'un seul coup la nouvelle qu'il n'ose espérer.

– Si c'est pour votre bateau, vos amis vont le préparer en attendant votre arrivée.

– Ouais, peut-être. Mais ça ne résout pas la question du sponsor.

– C'est vrai. Où avais-je la tête ? J'étais tellement content de vous entendre que j'ai oublié de vous dire que le problème ne se pose plus. Vous avez votre sponsor, et on fêtera vos soixante-six ans le jour du départ.

Il paraît que le spectacle d'un ancien commandant de Boeing dansant la danse du scalp sur un rythme de joie délirante valait le déplacement.

Auparavant *Great Britain II* est arrivé en vainqueur à Douvres en soixante-six jours, pulvérisant le vieux record qui datait de cent six ans. Un télégramme l'attendait : « Du sud de l'Atlantique, bravo. Nous mettons les bouchées doubles pour venir boire un verre avec vous. Olivier de Kersauson. » Quant à Jane Mullender, un bouquet de douze douzaines de roses la précède à son hôtel avec une carte de visite : « Olivier de Kersauson avec ses respectueux hommages. »

Sur le quai, debout, j'attends que les bravos s'arrêtent pour saluer Mullender. Les Anglais me regardent avec soupçon. Que veut dire ma présence ici ? Peut-être ne connaissaient-ils pas le mot fair-play ?

La hâte d'Olivaux allait subir des contretemps pendant la remontée de l'Atlantique et la première option sérieuse à ne pas rater se situait à la hauteur des Açores. Ça se résumait d'ailleurs à un choix pile ou face, à gauche ou à droite. Kersauson jugea à droite alors que c'était à l'ouest qu'il y avait du nouveau.

L'avance fond à vue d'œil. Près d'Ouessant, à la hauteur du phare de la Vigie, c'est la catastrophe. N'oubliez pas : la voile, c'est merveilleux, mais il faut du vent ! À 23 h 30 GMT, les Anglais de *GB II* sont tout à coup délivrés d'un préjugé qui leur coûtait cher : les Frenchies ne peuvent plus battre leur temps, et c'est le cœur joyeux qu'ils iront à leur rencontre.

Alec Beilby, qui s'est sérieusement remonté au vin de France, a failli avoir une altercation avec le père d'Alain Labbé. Le journaliste et l'amiral en retraite ont fait étalage de leur conception de l'entente cordiale, le premier faisant mine de se saisir d'une chaise pour commencer... la conversation, l'amiral lui rappelant plutôt la célèbre histoire d'un amiral français invité par un collègue anglais à un cocktail en l'honneur de l'amiral Nelson, qui avait répondu qu'il ne pourrait malheureusement se libérer, étant retenu par les festivités de l'anniversaire de la mort du général Cambronne.

À propos de patriotisme, *Kriter II*, pour entrer à Douvres, s'est habillé de tricolore avec son grand spinnaker. Il a, lui aussi, battu le record centenaire. L'accueil est triomphal, mais Kersauson se cache, vaincu par ses larmes et sa déception. On crie son nom sur l'air des lampions. Il faudra l'arracher, le monter sur le pont où il consent à prendre une attitude normale et descend sur le quai vers un couple à l'écart et dit:

– Bonjour, maman.

Puis il va saluer André et Monique Boisseaux.

Je finis par le rejoindre et lui rappeler qu'il a reçu une invitation du président de la République pour un dîner officiel à Versailles, à laquelle j'ai répondu pour lui affirmativement.

Malgré ses reproches et ses dénégations, il finira par s'incliner, par consentir même à louer un habit, qu'il portera d'ailleurs avec beaucoup d'élégance, mais en tentant de passer inaperçu.

Je l'emmène discrètement en voiture, une berline classique, jusqu'au lieu du banquet. Nous passons les barrages. Je stoppe à l'injonction d'un gendarme. Un aide de camp vient ouvrir la portière de droite, salue Kersauson. Je me prépare à le quitter, car il trouvera sûrement quelqu'un pour le raccompagner. Je démarre et le gendarme m'arrête:

– Le dîner pour les chauffeurs, c'est par là.

FINANCIAL TIMES CLIPPER RACE

1re étape : LONDRES/SYDNEY – 13 650 milles soit 25 280 km
départ 31 août 1975 à 10 h 20 GMT
Record de PATRIARCH en 1869-70 à battre : 69 jours

Classement

Temps réel

1. GB II	6/11 15 h 39'49''GMT/67j 5 h 19'
2. KRITER II	**6/11 22 h 7'48''GMT/67 j 11 h 47'**
3. CS e RB II	30/11 16 h 26'50''GMT/91 j 8 h 10''
4. GREAT ESPACE	10/12 23 h 10' GMT/101 j 2 h 10'

Temps compensé

1. KRITER II	**66 j 0 h 16' 51''**
2. GB II	67 j 5 h 19'0''
3. CS e RB II	77 j 13 h 48'22''
4. GREAT ESPACE	87 j 0 h 45'44''

Moyenne quotidienne

GB II 202,9 milles soit 375 770 km
KRITER II 202,2 milles soit 374 474 km

Record PATRIARCH battu par GB II et KRITER II

2e étape : SYDNEY/LONDRES – 12 730 milles soit 23 576 km
départ 21 décembre 1975 à 1 h GMT
Record de PATRIARCH à battre : 69 jours

Classement

Temps réel

1. GB II	25/2/76 23 h 31' GMT/66 j 22 h 31'
2. ANACONDA II	8/3/76 23 h 7' GMT/78 j 22 h 7'
3. KRITER II	**25/3/76 10 h 20' GMT/94 j 9 h 20'**
4. GREAT ESPACE	25/3/76 20 h 48' GMT/94 j 19 h 48'
5. CS e RB II	5/4/76 22 h 59' GMT/105 j 21 h 59'

Temps compensé

1. GB II	66 j 22 h 31'
2. ANACONDA II	77 j 4 h 34'
3. GREAT ESPACE	81 j 17 h 8'
4. KRITER II	**93 j 0 h 13'**
5. CS e RB II	112 j 19 h 32''

Temps KRITER II après second départ du 17/1/76 à 0 h 4'18'' : 68 j 10 h 16'09" (temps compensé : 67 j 1 h 9')
Record PATRIARCH battu par GB II et KRITER II

Équipage KRITER I

Olivier de Kersauson (1re et 2e étapes)
Georges Commarmond (1re et 2e étapes)
Yves Olivaux (1re et 2e étapes)
Jacques Arestan (1re et 2e étapes)
François Boivin (1re et 2e étapes)
François Boucher (1re et 2e étapes)
Daniel Gilard (1re et 2e étapes)
Julian Gildersleeve (1re et 2e étapes)
Pascal Guillemet (1re et 2e)
Vincent de Kerviler (1re et 2e)
Alain Labbé (1re et 2e)
Patrick Meulemeester (1re)
Bruno de la Sablière (1re et 2e)
Christophe Smith (1re et début 2e)
Gilles Varillon (2e)

Jamais deux sans trois

ICI Terlain, architecte. Pouvez-vous me recevoir?
Nos expériences maritimes semblent désormais nous avoir crédibilisés, tout au moins auprès de ce petit cercle des grands aventuriers de l'océan.

Comme tout le monde je n'ai pas été insensible aux opérations Terlain-Claude Lelouch avec ce *Vendredi 13* géant qui a fait couler beaucoup d'encre lors de la dernière Transat en solitaire anglaise qui nous a fait connaître Alain Colas.

Terlain, architecte. J'ai bien enregistré, j'ai presque envie d'y ajouter BCBG. Il s'exprime avec facilité, est habillé sport, mais plutôt nickel, je veux dire impeccable. En peu de mots il analyse sa déconvenue: le *Vendredi 13* qui devait sans problème, presque une formalité, dominer le lot des concurrents et qui s'est fait coiffer par un multicoque fatigué à trois coques, *Pen Duick IV*, encore une invention d'Éric Tabarly!

Il me raconte tout, y compris la fameuse rencontre au milieu de l'océan, lorsqu'il s'est fait doubler par cette construction digne du musée des Arts contemporains. Il faut savoir progresser, et c'est justement parce qu'il a trouvé la solution qu'il vient me l'apporter. Ce n'est pas *Vendredi 13* amélioré, poussé, qu'il veut mettre à disposition, mais l'avenir. Il y a en Angleterre un prototype de génie qui défie tout ce qui flotte et qui navigue. Ça s'appelle un catamaran et il se nomme *British Oxygen.* Sa vitesse sur deux coques est prodigieuse et il rivalise avec n'importe quel bateau à moteur. Il s'est contenté pour le moment de performances de régates côtières, mais n'a jamais encore traversé d'océan.

– Il faut bien commencer un jour, et ce jour va ouvrir le chemin d'un nouveau monde.

Terlain, architecte, puisque c'est ainsi qu'il va se singulariser, se fait fort de décider les Anglais à vendre leur merveille si un sponsor intelligent – quel drame si je n'arrive à comprendre et à me faire comprendre – participe à ce projet avec, au bout de celui-ci, une victoire fracassante dans la prochaine Transat 1976. C'est tentant, mais j'ai besoin d'être conforté. Terlain me regarde avec gentillesse, comme il sied de considérer l'homme qui conduit sa voiture, mais ne sait pas comment elle marche, et conclut presque en s'excusant:

– Je ne veux pas paraître excessif, mais ce sera comme une formalité.

Sujet intéressant, personnage hors du commun, challenge osé, un pas de géant vers le futur, des chances réelles de réussite, autant de bonnes raisons pour essayer de convaincre de l'intérêt d'un *Kriter III.*

Le dossier est clair, André Boisseaux presque convaincu, mais qui a flairé et soupesé le risque et le jackpot, et me voilà reparti sur la route de l'infarctus.

Pour étayer mes arguments, j'interroge mon nouveau skipper sur tout et sur rien, sur ses goûts et ses allergies, sa famille, ses proches et ses habitudes. Il a déjà dans ses bagages un accord pour s'autofilmer. Côté ravitaillement, il n'est pas difficile. Gourmet à terre, il s'avère davantage ascète en mer. Il a une prédilection pour les conserves, et encore plus pour l'eau de cuisson de celles-ci. À Plymouth, la fanfare des Beaux-Arts viendra le soutenir au moment du départ. Normal: il en était un des animateurs. Par curiosité, et parce que ça peut toujours servir, je lui demande sa spécialité.

– Je jouais du turlusiphon.

Pour ceux dont l'éducation musicale ne serait pas parfaite, le turlusiphon est de la même famille que le mirliton, mais en plus sophistiqué.

*

Revenons aux choses sérieuses pour constater que le programme est vite en place. Alec Beilby annonce très sérieusement à ses lecteurs que *British Oxygen*, l'orgueil de l'Angleterre, le produit des grandes usines d'aviation et des ordinateurs royaux, est « passé à l'ennemi » de l'autre côté du Channel. Terlain et son entourage ont réalisé la première partie du programme, et rejoignent le camp d'entraînement établi à La Rochelle.

Entraînement, c'est un joli mot, mais utilisable quand tout est prêt. Or un bateau de course ressemble beaucoup à la tapisserie de Pénélope, il manque toujours quelque chose, et même si celle-ci est simple, l'endroit où elle se trouve est généralement compliqué à atteindre dans les délais les plus courts. Alors c'est le maître-voilier, le spécialiste radio, le magicien de l'électricité, les écrous, les vis, les manivelles, tant et tant, et tant et si bien que chaque jour qui s'écoule est un dévoreur de temps. De temps qu'on a bien employé sans doute, mais à autre chose que ce qui était prévu.

Il faudra quand même que je fasse connaissance avec ce bateau miracle qui va plus vite que son ombre. Il fait justement des pointes – ma danseuse –, entre La Rochelle et l'île d'Oléron. Je connais. J'ai tant de fois pris le bac! Lorsque j'arrive au rendez-vous, il est déjà en mer. Une vedette m'y amène et l'on me transfère aussi sec. Que voilà d'ailleurs un mot mal placé dans un jaillissement d'écume! Quelques pas hésitants sur le trampoline, Terlain modifie son cap et nous voilà à dix-sept nœuds sans transition. Jamais je n'aurais cru Oléron aussi proche. Je suis bon, désormais, pour la prochaine épreuve qui sera le test-café que Terlain m'a réservé pour me faire constater que la tasse posée sur la table ne bouge pas.

Donc j'ai vu le café, le trampoline, la vitesse, la caméra fixe qui doit le filmer, la radio, mais j'ai avant tout constaté une chose ahurissante dans la cabine centrale: Terlain est un maniaque de l'ordre. Tout est rangé, coordonné, ficelé, étiqueté comme s'il déménageait demain.

J'ai dû faire avec lui le tour du propriétaire, constaté l'inconfort, la puissance des énormes bras de liaison, l'étroitesse des espaces, j'ai emmagasiné des images qui meubleront d'un décor nos futures conversations.

La presse s'est intéressée, mais l'enthousiasme ne me satisfait pas. D'autant plus qu'avec nos amis de L'Équipe et leurs partenaires des Brittany Ferries, la compagnie créée par les paysans bretons pour vendre choux-fleurs et pommes de terre à nos voisins d'en face, nous avons décidé de suivre le départ sur le *Pen-Ar-Bed* qui a transporté le Tour de France cycliste l'année d'avant.

Les retards accumulés sur *Kriter III* nous ont obligés de différer le baptême du bateau jusqu'à Plymouth. Car chez

Kriter, la marraine Monique Boisseaux attache une importance capitale à ce geste pour lequel elle entend assurer pleinement une responsabilité morale. Vu l'urgence, on a tenu compte du conseil des journalistes anglais, et confié la cérémonie à un prêtre irlandais, catholique et romain. Irlandais quand même, on ne sait jamais.

*

Quelque trois cents invités à bord de *Pen-Ar-Bed* vont constituer la première tribune flottante et étonner de la mobilité d'une si grosse unité, grâce à la connaissance de la voile et la virtuosité du commandant Thomas.

Les Anglais qui ont accepté de monter à bord, comme Lady Chichester, ne tariront pas d'éloges sur la formule et le somptueux buffet breton d'Alexis Gourvennec et Christian Michielini, respectivement président et directeur général de la compagnie, et d'André Boisseaux cela va de soi.

C'est là vraiment une grande première au sens show-bizz du terme.

Sur les ponts et dans les coursives on côtoie journalistes et photographes, ceux qui, en tout cas, ont compris les qualités incomparables qu'offre l'équilibre d'un quasi-paquebot par rapport à ce qu'il est convenu de désigner sous le nom très explicite de mouille-cul. On y rencontre pêle-mêle personnalités du yachting et du Tout-Paris, amis, familles, ceux qui auraient aimé partir et qui ne partent pas, sans oublier les non-ayants droit.

Olivier de Kersauson fait partie des frustrés et se paie un numéro comique à l'avant du ferry. À l'aide d'un porte-voix, il s'adresse à Éric Tabarly à la barre de *Pen Duick VI* et lui donne des conseils farfelus. Tabarly ne résiste pas et rit à la plus grande satisfaction des journalistes présents et... en surplomb. Les ferries ont gagné leur place et seront désormais très recherchés en pareille circonstance. Nous levons notre verre à la santé de tout le monde, les prétextes étant faciles à trouver et surtout à imposer. Sauf en ce qui me concerne, car depuis l'accident de *Kriter II* en mer de Tasmanie, j'ai fait le vœu inconséquent de boire de l'eau chaque fois que j'aurai un bateau en mer.

On salue les quatre mâts et les soixante-douze mètres du *Club Méditerranée*, le *Pen Duick VI*, imaginé pour un équipage de quatorze hommes, le *Vendredi 13* devenu *ITT Oceanic*, le *Kriter III* qui joue les lièvres de La Fontaine, l'américain *Spirit of America*, provocateur avec sa grand-voile taillée dans le drapeau étoilé, et le *Patriarche*, le petit cousin, mené par Yves Olivaux gonflé d'orgueil, mais dont les cartes mystérieuses des côtes de Nantuckett offertes par les pilotes d'Air-France sont bêtement restées à Paris.

Cent vingt-cinq bateaux ont quitté Plymouth, cent vingt-cinq solitaires qui vont tenter de rejoindre Newport, Rhode Island, la Mecque de la voile. Cent vingt-cinq, dont une bonne vingtaine vont abandonner très vite pour déguster les homards bretons, bien à l'abri des ports français.

Kriter III a été joué à trois contre un chez les bookmakers, et s'est très vite placé dans le sillage du groupe de tête. Pas en tête cependant, car Jean-Yves a des problèmes électriques et donc très rapidement des problèmes de pilote automatique. Cette Transat dramatique a commencé par un accident stupide avant le départ avec la mort brutale de la jeune femme que vient d'épouser Mike Mac Mullen, le skipper écossais de *Three Cheers*, l'un des concurrents britanniques les plus en vue : un problème électrique sans pitié, avec une perceuse tombée à l'eau.

Le temps se gâte vite et les dépressions vont violemment se succéder. Terlain a du mal à surmonter ses ennuis et, pour compenser, doit barrer de jour, de nuit, nuit et jour, jusqu'au moment où le sommeil l'envahit.

Au petit matin, ragaillardi, il m'appelle à mon bureau.

– Ici Terlain, architecte. Excusez-moi, j'ai dû faire un petit somme qui m'a un peu dérouté, mais tout va bien : je viens de refaire mon cap et je file allégrement les dix-huit nœuds. C'est parti ! Je vais faire un petit tour et vous rappelle dans l'après-midi.

Une demi-heure après le téléphone sonne à nouveau. Adieu veau, vaches, cochons, couvées, le brillant catamaran qui se préparait à prendre la tête définitivement n'a pas résisté à l'examen.

Les fameux bras de liaison de l'avant, aux biceps de lutteur de foire, je veux dire épais et gros comme des mâts dont ils sont issus, n'ont pas résisté aux violences de la mer et sont brisés, comme sciés. Rien à faire, rien à espérer ; c'est une question d'heures ou de minutes : *Kriter III* est condamné à être disloqué.

– J'en ai gros sur le cœur, mais il me faut du secours. Ne vous inquiétez pas, à mon avis ça peut tenir encore vingt-quatre heures. Je vous souhaite la bonne nuit.

Avec le renfort d'Yves Devillers et du cinéaste Lovichi, on va occuper la bonne nuit. Le téléphone marche beaucoup mieux que les pilotes automatiques. Et patatras : voilà *ITT Oceanic*, l'ex-*Vendredi 13* qui appelle au secours à son tour. Yvon Fauconnier, qui a pris un retour de manivelle de winch, est incapable de manœuvrer. Coïncidences effrayantes : Fauconnier et Terlain sont amis d'enfance, Fauconnier a loué le bateau de Terlain, Terlain et Fauconnier sont en détresse à cinquante milles à peine l'un de l'autre.

– Ici Terlain, architecte. Bonjour. J'ai bien dormi et j'en espère autant pour vous.

Je lui explique la situation, nos efforts avec le CROSS* et les Canadiens pour trouver un navire sur zone. Il nous rassure.

– Vous êtes très aimables de vous donner autant de mal pour moi. Ce n'est pas grave, je tiens toujours en équilibre et je m'occupe.

Il s'occupe ! Il démonte tout ce qui est démontable, et range le tout, soigneusement étiqueté et répertorié dans des sacs plastique numérotés.

On a trouvé un bateau sur zone bien équipé. C'est un bateau soviétique de surveillance des pêches du côté de Terre-Neuve. Il s'appelle le *Besstrashnyj* et l'on va réussir à le mobiliser dans les règles les plus pures des Lloyd's.

– Ici Terlain, architecte. Ne commandez pas un autre bateau, je pourrai encore attendre un petit peu. Alors demandez aux Russes de sauver Yvon avant moi. Ça fera quand même des économies pour les assurances ! Passez une bonne nuit !

Ainsi soit-il. Les Russes ont investi avec courage et compétence *ITT Oceanic*, embarqué le blessé dans leur chaloupe et volé à la recherche de *Kriter III* d'où Terlain toujours impassible donnait par radio position et direction.

– Allô, ici Terlain, architecte. Je vois les Russes avec Yvon. Il y en a qui sautent sur le trampoline. Je vais démonter la radio et à bientôt. Bonne soirée.

Fauconnier, qui avait bondi vers la cabine, apparaît à l'entrée de celle-ci, reste abasourdi devant le spectacle de Terlain dévissant sa radio.

– Qu'est-ce que tu fais ?

* Centre régional opérationnel de surveillance et de sauvetage.

– Tu vois bien : je téléphone à Paris.

*

Pour des raisons différentes, nous sommes partis ensemble pour récupérer nos naufragés. Un voyage épuisant parce qu'on est arrivé à Montréal, à l'aéroport de Mirabel, au moment même où se déclenchait la grève générale d'Air-Canada due à un conflit majeur qui opposait les contrôleurs du ciel anglophones aux pilotes francophones, qui voulaient utiliser le français dans les manœuvres d'approche.

Devillers a un peu compliqué les choses par son enthousiasme dès le passage du service d'immigration en prenant l'accent québécois. L'imitation confinait à la perfection. Mais ça ne plaît pas sur place.

Heureusement, j'ai des amis à Montréal que je n'ai pas vus depuis deux ou trois ans. Je quémande une pièce de monnaie pour téléphoner et j'ai la communication du premier coup avec une invitation immédiate à investir la maison. Mais nous sommes six. Peu importe, et nous ne coucherons pas dans les salles d'attente de Mirabel ou de Dorval. Je raccroche et la machine un peu perturbée crache une vingtaine de pièces.

Pendant ce temps-là, d'autres drames se jouent sur l'Atlantique.

Un bateau canadien est arrivé tout seul, sans pilote. Un Suisse, Pierre Fehlmann, a été repêché, Yann Nédellec récupéré et miraculé. Alain Colas a relâché à Saint-Jean de Terre-Neuve où je l'ai retrouvé un peu plus tard pâle et fier*, entre un ferry norvégien et un bateau-usine sovié-

* Après l'accident dramatique qui lui a coûté une jambe, Alain Colas acharné conduit seul le super-monocoque de soixante-douze mètres qu'il a inventé.

tique, son bateau géant avait l'air d'une annexe. Quant à Tabarly, on est sans nouvelles de lui.

Il a quand même fallu deux jours pour trouver un « jaune », autrement dit un avion qui ne faisait pas grève.

Nous arrivons à Terre-Neuve où la grand-mère de Terlain a trouvé le moyen de nous précéder avec un pèlerinage !

C'est drôle comme on peut se faire des idées préconçues. Saint-Jean de Terre-Neuve, on la voyait déjà comme une cousine germaine de La Rochelle ou de Saint-Malo. Sur le parking de l'aéroport, une quarantaine de long-courriers somnolent et les batteries d'horodateurs en ligne nous accueillent à la porte. On se fait conduire sur le port en donnant une précision à notre chauffeur, parce que le port est nettement plus important qu'on aurait pu l'imaginer.

– Conduisez-nous auprès d'un grand bateau qui s'appelle *Club Méditerranée.*

– Je vois, oui : votre grand bateau ne serait-il pas le petit voilier qu'on aperçoit là-bas entre les navires-usines ?

Colas nous a repérés de loin et nous invite à monter à bord. Nous savions qu'il devait s'arrêter pour réparer, et son équipe d'assistance sous la houlette de son frère Jean-François s'affaire.

– C'est triste pour Jean-Yves et Yvon. Vous leur ferez mes amitiés, mais je repars ce soir !

*

ITT Oceanic, remorqué par le *Besstrashnyj* (le Sauveteur), prononcez « Besstraschnik », est annoncé pour le lendemain matin avec un horaire qui s'avérera précis à une minute près.

Au moment de l'accostage, nous tous, amis et fidèles,

avons les yeux fixés sur le bastingage où nos héros n'affichent pas la gloire. Il nous a fallu d'abord les reconnaître dans ces barbus bronzés. L'équipage soviétique, très musclé, composé sans doute d'haltérophiles pour le personnel masculin, et de basketteuses lanceuses de poids pour le sexe opposé, dépose sur le quai le matériel de *Kriter III* contenu dans les sacs plastique ficelés et numérotés dont il a été parlé plus haut.

On nous a mis en garde contre toute velléité de monter à bord. Mais c'est le commandant Nicolaï Butnik qui nous invite à lever le verre de l'amitié à la santé de nos naufragés et de leurs sauveteurs, à grand renfort de champagnes de provenances diverses, renforcés par le magnum de Kriter conservé sur *ITT Oceanic* depuis Plymouth.

Les toasts vont leur train et le commandant explique en anglais sa surprise, en pleine mer, d'avoir découvert que des bateaux de cette dimension aient pu être menés par un seul homme.

– Dans mon pays, messieurs, vous auriez droit au titre de héros.

C'est Jean-Yves Terlain le plus prompt à répondre qu'il estime que ce superlatif s'adresse plutôt à ceux qui passent leur vie à protéger celle des autres.

Après quoi chacun lève à nouveau et à plusieurs reprises son verre et le commandant soviétique, avec un clin d'œil complice, voulant nous faire plaisir, corrige la disposition des bouteilles pour que le photographe puisse accrocher les étiquettes.

– C'est pour votre publicité, me confie-t-il alors que je retourne les bouteilles pour rester dans l'anonymat, d'autant plus que, à part le magnum, ce ne sont pas celles que je pourrais souhaiter.

*

Il fallait désormais programmer notre retour. Pour Terlain, la question était réglée : il repartirait avec Fauconnier et l'équipage d'*ITT Oceanic* redevenu *Vendredi 13*, pour Newport, rejoindre les arrivants. Mais notre problème demeurait, prisonniers que nous étions dans cette île de roman en raison de cette grève francophone. Jamais nous n'avons autant consommé de morues, que ce soit au restaurant ou sur *Vendredi 13*.

Sur les quais, des montagnes de caisses, de containers témoignaient de la vitalité commerciale de Saint-Jean de Terre-Neuve. Des camions chargeant ou déchargeant croisaient des convois spéciaux, dont ceux du tournage des *Dents de la mer n° 2* avec son terrifiant requin-robot.

Nous avions décidé de rentrer aux États-Unis par un crochet à Newport. En surveillant en permanence les opérations de l'aéroport, nous découvrons un avion programmé sur la liste duquel Devillers, Lovichi et moi-même réussissons à nous inscrire.

Notre optimisme se transforme rapidement : l'avion se pose à Halifax pour bénéficier aussitôt d'un piquet de grève. Mais nous sommes quand même sur le continent, et c'est déjà un progrès. Aucune chance cependant de trouver une correspondance, et chacun part à la recherche d'une solution. Yves Devillers la trouve auprès de l'aéro-club local avec un piper.

Et nous voilà soudain au-dessus des forêts sans fin et à perte de vue, sans piste où se poser avant Saint John de New Brunswick.

À perte de vue, ça veut dire aussi quelque chose à laquelle nous n'avions pas pensé, c'est-à-dire que notre pilote fraîchement qualifié éprouve beaucoup de difficulté, dans un environnement de nuages bleus, à retrouver sa route. Il triture les boutons de sa radio et les réponses de ceux qui le captent commencent invariablement par : « *What can I do for you* ? »

J'occupe le siège du copilote – privilège de l'âge sans doute –, et je peux admirer ce champ de nuages semblable à un domaine neigeux, le tableau de bord avec l'altimètre, les contrôles des réservoirs, et le pilote dans le cou duquel perle un peu de sueur. Derrière moi, Jean-Pierre Lovichi, tassé entre les sièges et les sacs, et le double mètre de Devillers, plié selon les besoins. Peu importe d'ailleurs puisque le voyage devait durer un peu moins d'une heure.

Au bout d'une heure et demie, on commence à se regarder. Un quart d'heure plus tard, on se demande pourquoi on est là. À la fin de la deuxième heure, le scénario est toujours le même : « *What can I do for you* », l'air contrarié du pilote, Devillers qui a besoin de dégourdir ses longues jambes, et les cadrans qui affichent un certain déséquilibre des réservoirs. Je ne suis pas certain que chacun priait à sa manière, mais le résultat soudain est à la radio : « C'est juste en dessous de vous. » Ce que je puis vérifier aussitôt par ma situation privilégiée : une minuscule déchirure dans les nuages laisse apparaître un bout de piste. Le pilote recouvre soudain des réflexes et une coloration digne de ses pommettes, pique droit au but sous un déluge de pluie, et atterrit magistralement au prix d'un dérapage majestueux. Je ne suis pas sûr que nous lui ayons dit au revoir avec la politesse voulue. Mais, avec toute cette équipée, nous sommes encore au Canada, et mes partenaires ne semblent pas avoir envie d'une nouvelle aventure aéronautique.

C'est donc en voiture que nous allons rallier l'Amérique,

en découvrant le Maine, et subir à la frontière un interrogatoire en règle d'un shérif qui a dû voir *French Connection.* À Bangor, résidence des grands hommes d'État US, il y a des avions pour Boston. À Boston, des voitures pour Newport où nous arrivons exténués, affamés, pour raconter aux journalistes le sauvetage et l'arrivée prochaine de Terlain et de Fauconnier sur le *13*.

L'humeur est au drame et à la suspicion. Puisque nous arrivons de Terre-Neuve, nous devons savoir si Tabarly a été repéré. Nous pouvons répondre sur Colas, mais n'avons aucune idée de la route de *Pen Duick VI.* Chaque journaliste, pensant sans doute que nous gardons l'information pour un hypothétique scoop, nous fait comprendre que sauf Kersauson parti à sa recherche, la grande majorité craint le pire pour le porte-drapeau de la voile française.

Quelques heures plus tard nous reprenons la route pour New York où un vol Air-France a la gentillesse de nous accepter et nous revenons au bercail.

Par la presse nous apprenons la splendide victoire de *Pen Duick VI* arrivé dans la brume, repéré par Denis Gliksman alors que Tabarly cherchait, a-t-on dit, l'amarrage de *Kriter III* pour qui, sauf accident, la course n'aurait du être qu'une formalité.

TRANSAT ANGLAISE – OSTAR

PLYMOUTH (UK)-NEWPORT (Rhode Island, USA)
environ 3100 milles soit 5 740 km
Départ 5 juin 1976 – course en solitaire

BATEAU	PAYS	SKIPPER	ARRIVÉE	TYPE
1. PEN DUICK VI	F	Éric Tabarly	23 j 20 h 12′	M
2. THE THIRD TURTLE	Can	Michael Birch	24 j 20 h 39′	T
3. SPANIEL	Pol	Kazimierz Jaworski	24 j 23 h 40′	M
4. CAP 33	US	Tom Grossman	26 j 8 h 15′	T
5. CLUB MÉDITERRANÉE	F	Alain Colas	26 j 13 h 40′	M
6. PETROUCHKA	F	Jean-Claude Parisis	27 j 0 h 55′	M
7. F.T.	GB	David Palmer	27 j 7 h 45′	T
8. FRIENDS	US	Walter Greene	27 j 10 h 37′	T
9. ARAUNA IV	F	Jacques Timsit	27 j 15 h 32′	M
10. OBJECTIF SUD 3	F	Alain Gabbay	28 j 9 h 58′	M
....				
38. PATRIARCHE	**F**	**Yves Olivaux**	**36 j 5 h 14′**	**M**
....				
73 PRODIGAL	US	Robert Lengyel	49 j 19 h 30′	M

125 concurrents
5 arrivés après la date limite
45 abandons dont **KRITER III** (Jean-Yves Terlain) : voies d'eau, a coulé
2 disparus

Du neuf au soleil et 98 secondes

APRÈS toutes ces émotions, nous avions décidé tant à Beaune qu'à Paris de reprendre souffle et de reposer pieds sur terre. Un genre d'année sabbatique, en quelque sorte. Plus de bateau, plus de marin, sauf si...

– Si vous tenez compte des enseignements, analyse perfidement Kersauson, vous êtes passés très près du bonheur. Et si vous aviez un multicoque performant, mené de main de maître par un coureur de talent: moi, par exemple. Non: moi tout court, qui ai l'expérience, le goût, la pratique, le pif, la jugeote, l'architecte moderne, la rade de Brest, les ordinateurs pointus, les matériaux nouveaux, la notion de poids, un vrai chantier – que ne faut-il pas dire pour convaincre un béotien – votre jour de gloire est arrivé.

D'autant plus que la prochaine et nouvelle course en solitaire imaginée par un Français avec des règles souples encourageant la recherche de vitesse et la liberté de l'imagination nous amènera au soleil de Guadeloupe pour permettre à tout un chacun d'en revenir bronzé au réveillon de Noël. Je sais tout ça évidemment, puisque je suis l'auteur imprudent de ce qui va être la Route du Rhum.

Si on étudiait le problème, son montage, une participation raisonnable ou plutôt raisonnée dans les limites du budget général autorisé ?

On sait en tout cas que le résultat ne passera pas inaperçu, que les médias vont avoir de la nourriture, une curiosité croissante à découvrir une machine à courir, et si possible à gagner.

Avec des si, on mettrait Paris en bouteille.

Et si on l'appelait *Kriter IV*? Le départ est prévu en novembre 1978. C'est un peu juste mais c'est jouable. Tous les sujets me trottent par la tête. Sauf un, que je n'ai pas prévu, au moment de mon exposé : André Boisseaux voulait justement me demander d'examiner le projet de Michel Malinovsky sur un monocoque géant, conçu par le grand architecte André Mauric pour être mené par un homme seul.

La course est ouverte aux monocoques et aux multicoques. En théorie les monocoques iront tout droit par le nord, et les multicoques qui vont plus vite allongeront très sensiblement leur route pour trouver les alizés par le sud. Alors, que choisir ?

Et si... S'ils trouvaient des partenaires complémentaires, on pourrait donner leur chance aux deux skippers. Avec un *Kriter V*, cela donnerait une notion d'écurie. Et si on creusait ?

*

On a creusé. Le *Kriter IV* était dans les mains des grosses têtes. Je veux dire par là dans les cervelles des ingénieurs aéronautiques et des polytechniciens. On utiliserait des matériaux hypersophistiqués, l'aluminium en nid-d'abeilles, comme le Concorde s'il vous plaît. La bataille contre le poids, un vrai régime. La Marine nationale et ses ordinateurs assisteraient Xavier Joubert dans ses calculs, Marcel Dassault prêterait main forte pour la gloire du défi, et le chantier Amiot pousserait un peu les vedettes de Cherbourg pour faire place à ce fringant cheval des mers.

Côté monocoque, le chantier Gallian met les bouchées doubles pour porter secours à *Kriter V*, et réussit à convaincre des partenaires qui donnent plus d'aisance indispensable au budget.

Alors, *Kriter V* voit le jour à Saint-Mandrier près de Toulon. Un bel enfant à la longue et basse coque bleue avec en rappel les deux bandes rouge et blanche qui affirment fièrement la nationalité de l'écurie.

À propos d'écurie, Yves Olivaux s'est fait prêter un joli monocoque de série par les Ateliers maritimes croisicais, mais il lui manque encore un petit quelque chose. Il a si bien plaidé sa cause que *Quart Kriter* est venu renforcer la flotte. Un petit coup de colère cependant quand je fais gentiment une remarque sur l'image de son petit bateau logé au départ entre le grand multicoque de vingt-trois mètres et le grand monocoque de vingt et un mètres :

– Petit ? Il fait tout de même douze mètres !

Bref, nous voilà parés à tous les niveaux avec trois baptêmes à la clef pour nous sanctifier. Un à Toulon, dans la plus pure tradition maritime et sous le soleil méditerranéen, pour admirer un des plus jolis bateaux du monde. Un autre à Cherbourg, dans la majesté d'un chantier universellement connu, en présence de ses « fameuses » vedettes, pour découvrir l'élégance racée de cette nouvelle machine de guerre dotée de flotteurs acérés, où la bouteille traditionnelle n'éclate pas comme d'habitude au premier choc, signe dramatique pour les superstitieux, et Kersauson en est un. Enfin, pour le petit dernier, une cérémonie comme il faut, familiale, conviviale, au Croisic. Ce genre de cérémonies nous permet de réaliser la formidable communion de passions et d'espoirs de tous ceux qui gravitent autour de la réalisation de chaque projet. L'esprit de club fera bientôt place à la communication interne.

*

Et nous revoilà dans un port de départ. Français cette fois. Je ne suis pas loin de penser que les murailles de Saint-Malo ont, en fait, été construites par Vauban exprès pour ce genre de rassemblement. La grandeur et la majesté du port, l'opposition de l'ancien et du futurisme le plus avancé créent une ambiance de respect.

Saint-Malo a bien joué le jeu. Les bateaux habituels locataires des anneaux devant le Club House ont été déplacés pour que l'on puisse admirer ceux de ces aventuriers qui vont affronter l'inconnu. Certes on a pu lire dans certaines gazettes des opinions différentes: «Jetez un cageot à l'eau, il arrivera tout seul en Guadeloupe», il ne faudra pas longtemps pour changer d'analyse.

En attendant, et pendant une semaine, on observe un va-et-vient incessant de curieux, d'admirateurs, d'amis, de connaissances et de béotiens... Des jeunes et puis des vieux. Avec une bonne humeur constante, et un nombre de plus en plus inattendu de visiteurs, que les six policiers municipaux généreusement alloués en supplément finiront, je le suppose, par rejoindre, tandis que les portes de la ville, refermées pour faire joli, s'avèrent fort utiles de par leur vocation première.

Comme dans les Grands Pardons d'autrefois, Saint-Malo est totalement investie. La rue de la Soif a nettement débordé ses frontières. Des bandes de jeunes se sont constituées et chantent. Les restaurants affichent complet, avec des rotations de services à faire rêver. Les hôtels ont rouvert leurs portes à cinquante kilomètres à la ronde. Les chants et les refrains couvrent la buée et le brouillard qui, à 7 heures du matin, laissait craindre de graves problèmes au départ de la course et surtout au passage préalable de l'écluse.

Deux heures plus tard, par un temps de rêve, acclamés par des milliers de spectateurs, les concurrents sortent un à un du bassin Vauban. Et quels concurrents! La vraie noblesse du bouchon... qui se dandine sur l'eau: l'Américain Philip Weld pour occuper sa retraite, l'Anglais Chay Blyth, le Suisse Pierre Fehlmann, Alain Gliksman, Marc Pajot, le Canadien Michael Birch, Eugène Riguidel, Alain Colas, l'Italien Paolo Martinoni, Jean-Pierre Millet, Olivier de Kersauson et sa machine infernale *Kriter IV*, point de mire des spectateurs durant toute la semaine, et du côté des monocoques, Yvon Fauconnier à la barre de l'ex-*Vendredi 13*, Daniel Gilard, la jeune classe avec Bruno Peyron, Le Cornec, Philippe Poupon sur l'ex-*Pen Duick III*, Florence Arthaud, une toute jeune fille avec la lourde charge de se faire un prénom, Joël Charpentier dont l'entêtement à courir en solitaire à deux avec son chien Tintin peut éventuellement poser des problèmes sérieux en cas de réclamation, et sur la superbe bête de course, qui fait l'admiration des esthètes, *Kriter V*, le fantasme réussi de Michel Malinovsky, suivi du numéro 68, comme les soixante-huit ans d'Yves Olivaux sur son grand-petit bateau, et du Cendrillon de la course le vétérinaire lillois J.J. Vuylsteker qui part pour se remettre en question, et puis encore l'Allemand Klaus Schrodt, Yann Nédellec,le miraculé de l'Atlantique, l'Italien Piero Nessi, Jacques Timsit, Yves Parent, Aline Marchand, Guy Delage, les Hollandais Herman Brinks et Burg Veenemans, l'Espagnol Joaquin Coello et le représentant de la Guadeloupe Jacques Palasset.

Il ne reste pas grand monde à terre : Jean-Yves Terlain et l'Américain Tom Grossman ont rejoint l'organisation et Éric Tabarly donne le signal du départ à bord d'*Armorique,* vaisseau-amiral des Brittany Ferries mis à disposition de la course pour un franc symbolique et qui servira de tribune flottante.

5... 4... 3... 2... 1... Boum ! C'est parti, avec la cargaison d'imprévus. Une foule extravagante de bateaux-spectateurs et de bateaux-suiveurs. Des abandons, des accidents et, dès le virage d'Ouessant, un temps de cochon pour succéder à cette journée idyllique.

*

Le centre d'information de la course est installé au Centre Pompidou, à Beaubourg, où le conservateur a vu juste. Il s'agit là d'un événement moderne. La météo, l'informatique sont présents à temps complet. Malheureusement, la météo n'a pas pris le train du progrès et l'information en souffre. Les balises n'existent pas encore, mais on a cependant failli avoir les premiers transpondeurs.

Alain Colas a des liaisons régulières. *Kriter V* fonctionne à heure fixe : apparemment Colas et Malinovsky semblent être en tête de la meute. *Kriter IV* et Philip Weld déboulent par le sud. Florence Arthaud, la jeune fille de bonne famille, fait la joie des suiveurs par ses conversations avec sa mère, mais elle rassemble le maximum d'informations autour d'elle, ce qui lui vaudra plus tard le prix de la communication de L'Équipe.

Colas en pleine euphorie, et qui pense dominer le lot, laisse entendre qu'il se sent gaillard, à tel point qu'il est monté en tête de mât mais n'a pas vu Malinovsky. Ce dernier, d'humeur bougonne, estime qu'il ferait mieux de parler à la VHF. À partir de ce 16 novembre, Colas ne répond plus et entre directement dans la légende.

Dans le Super-Jumbo-Jet d'Air-France qui vole en direction de Pointe-à-Pitre, la Route du Rhum et le hasard ont provoqué le déplacement de personnalités importantes comme le ministre de la Jeunesse, des Sports et du Tourisme Jean-Pierre Soisson et de quelques conseillers, une bonne trentaine de journalistes représentant les principaux quotidiens, magazines, TV et radios, Jacques Goddet, « Monsieur Sport » « Monsieur Jacques », le fantaisiste Henri Salvador qui retourne au pays après vingt-cinq ans d'absence, une forte délégation du Tout-Paris des soirées parisiennes et un personnage qui nous ouvre tous les sésames jusqu'au cockpit du Boeing où nous sommes reçus par le commandant de bord. Celui-ci nous permet de communiquer par radio avec Michel Malinovsky que nous avons la chance de survoler. La conversation dure si longtemps que le copilote, agacé, veut nous faire comprendre combien la vie est dure quand on est obligé de faire ce travail supplémentaire pour un salaire de misère. Comment ne pas éclater de rire puisqu'il a pris à témoin notre guide Pierre Giraudet, le président d'Air-France qu'il n'a pas reconnu !

Malinovsky est dans un jour slave. Tout en nous prévenant toutes les cinq minutes que ses batteries sont faibles, il nous fait part de ses rancœurs et de ses états d'âme. Il n'avance pas, pressent qu'un concurrent va le rattraper et débouler devant lui. Tout cela lui coupe l'appétit. Où est donc Colas ? Et Kersauson, Weld, Riguidel ? Si ça continue, il aura fait toute cette traversée mouvementée pour se traîner vers la Guadeloupe qu'il atteindra bien après notre installation. Sa femme, qui est également avec nous, essaie de le conforter. Mais tout à coup une mortelle inquiétude se précise : et le Canadien Mike Birch ? Il a un petit bateau, mais c'est un bon. Nous n'avons pas de nouvelles à lui communiquer, et cela semble le perturber. Nous l'abandonnons avec des encouragements à tenir bon et le laissons à ses vacations avec deux de ses voisins. Ses batteries sont bien entendu toujours aussi faibles.

Nous avons en effet le temps de nous installer et de faire face au décalage horaire avant le branle-bas de combat que va déclencher l'approche du premier. C'est pour demain matin. Il est prudent d'être au rocher de la Tête à l'Anglais, première marque de parcours depuis Saint-Malo, au tout petit matin. Et d'après les renseignements, ce premier est un monocoque bleu avec une bande blanche et une bande rouge.

On s'est couché tôt. Je me suis levé à point d'heure, comme on dit en Bourgogne, et j'ai promis à toutes les hautes autorités de les prévenir à partir de 7 heures sans doute. Mon point d'attache est à Saint-François qui est tout de même à une quarantaine de kilomètres de la Marina de Gosier, laquelle est à près de soixante kilomètres de Fort-Royal, le point de veille tenu par Terlain face au rocher.

Six heures du matin. Je me pose des questions. Mes épaules se soulèvent en guise de protestation, d'autant plus que rien ne me dit que les renseignements d'hier valent pour aujourd'hui. Au point de veille, Terlain s'est fait remplacer. Mais pourquoi ? Pourquoi ? répète la jeune fille endormie à proximité de la ligne de veille. Mais parce qu'on est venu le chercher pour accompagner le ministre et le préfet pour suivre les deux bateaux, qui sont passés ici l'un derrière l'autre, un grand bleu et un petit jaune.

Le grand bleu, je vois bien, mais le petit jaune, ce n'est certainement pas Kersauson qui m'a appelé il y a deux jours pour m'annoncer qu'il arrivait tambour battant. C'est Birch !

– Ils étaient loin l'un de l'autre ?

– Une minute, une minute et demie.

Toute l'île est en effervescence. La radio locale y met tout son cœur et la régate inattendue va se jouer à vue, à pied, à bicyclette et en voiture, sur mer et sur les ondes comme une arrivée de course cycliste. Ils ont passé Fort-Royal à 5 heures du matin et le vent s'est levé aussitôt contre toutes prévisions et toutes statistiques. Le bon Dieu aime la voile !

Peu nombreux étaient la veille au soir les Guadeloupéens férus de yachting. Le tam-tam des transistors va créer le miracle et les habitants vont découvrir cette Marina dont ils avaient à peine conscience. Sur l'eau, la régate finale tourne à l'apothéose, les bateaux suiveurs quittant ou retrouvant les deux acteurs suivant leur position qui change sans cesse. Pendant neuf heures le spectacle ne va pas faire relâche et l'arrivée se disputer, calculez bien, cinq heures plus neuf heures, c'est-à-dire à 14 heures, donc après le déjeuner, heure optimale pour trouver des admirateurs en bon état de digestion, donc prêts à s'enthousiasmer. Et avec les cinq heures de décalage, la métropole peut recevoir l'information en direct de la même façon. Le bon Dieu aime *vraiment* la voile.

Une foule considérable a envahi la Marina. J'assiste donc à l'arrivée dans la capitainerie à peine terminée derrière un ministre en costume blanc et un préfet tout neuf. J'ai aperçu au loin deux mâts, j'ai entendu les coups de canon et un mot bien français dans le carré officiel. J'ai tout compris. Les transistors derrière moi ont confirmé la victoire de Birch. La décision s'est faite dans les trois cents derniers mètres après plus de sept mille kilomètres de course et L'Équipe titrera le lendemain sur ses huit colonnes à la une: « 98 secondes pour une éternité ! »

Ces quatre-vingt-dix-huit secondes d'écart ont force historique. Elles ont porté la course open sur les fonts baptismaux et marqué la différence des techniques modernes.

Après les interviews, déclarations, photos, félicitations et claques dans le dos, j'arrive à soustraire notre héros au visage marqué par la déception. Ce n'était plus l'heure slave mais celle des sanglots rentrés. À la sortie de la Marina, une foule agglutinée d'enfants guadeloupéens barre la route à ma voiture sans portes. Un tout-petit s'approche de Malinovsky et lui tend une fleur en lui disant d'une voix forte:

– T'en fais pas. C'est toi qui as gagné.

Et, à la réflexion, je ne suis pas sûr qu'il n'ait pas eu raison.

Mais la vie continue et Philip Weld, le gentleman américain impeccablement rasé, pantalon blanc repassé, amène son trimaran *Rogue Wave* à la troisième place, ayant pu résister au sprint de *Kriter IV* poussé un peu trop loin dans le sud, et qui affiche au finish près de sept cent cinquante kilomètres (quatre cents milles) de plus que ses prédécesseurs pour seulement vingt-quatre heures d'écart.

– Une bonne raison d'espérer, conclut Olivier de Kersauson prêt à en découdre au plus vite.

Malinovsky a du mal à comprendre la survitesse d'*Olympus*

Photo au moment du sprint, et le Canadien lui explique qu'il a pris tous les risques au moment crucial.

– J'aimerais essayer ton jouet stupéfiant.

Qu'à cela ne tienne : Birch et Malinovsky quittent le port pour la démonstration, à vitesse réduite... et la dérive du trimaran casse.

Il y a encore un *Kriter* en mer. Je le sais bien puisque je suis toujours tenu par mon vœu qui me condamne (heureusement) à ne boire que de l'eau.

Les prévisions les plus optimistes d'Yves Olivaux le situaient pour une arrivée en trente jours. Le matin du vingt-huitième, le PC-Presse me fait savoir que *Quart Kriter* devrait être là à 9 heures. Ce n'est pas pensable. Je vérifie. Il est bien passé à Fort-Royal. La vedette militaire est à ses côtés dans le canal des Saintes. On l'a eu à la radio. Il est grognon. C'est bien lui ! Mme Boisseaux est à Saint-François. Je me dois de la prévenir pour qu'elle vienne accueillir son poulain et j'appelle l'hôtel au téléphone :

– Allô, je voudrais Mme Boisseaux.

– Comment ça s'écrit ?

J'épèle : B.O.I.S.S.E.A.U.X.

– Allô ?

– Oui.

– Allô, tu m'entends ?

– Oui, je t'entends.

– Elle est pas là.

– Puis-je laisser un message ?

– Ne quitte pas, je te passe la réception.

– Réception. J'écoute.

– Je voudrais laisser un message à Mme Boisseaux.

– Ça s'écrit comment ?

J'épèle à nouveau et la voix chantante et musicale me demande :

– Tu lui dis quoi ?

– Je la préviens que M. Olivaux...

– Ça s'écrit comment ?

J'obtempère et je continue :

– que M. Olivaux arrive et sera à la Marina vers 9 heures.

– C'est de la part de qui ?

– Michel Etevenon.

– Ça s'écrit comment ?

J'épèle derechef et mon interlocutrice s'esclaffe :

– C'est marrant, il y a un client qui s'appelle comme ça à l'hôtel.

– Bien sûr, puisque c'est moi !

– Alors ne quitte pas, il y a un message pour toi.

J'attends qu'elle ouvre son message et elle me le lit :

– Il y a Mme Boisseaux qui te fait dire que *Quart Kriter* arrive.

Et en version originale avec l'accent créole, c'est encore mieux.

Voilà donc nos trois bateaux arrivés avec les honneurs et les trompettes de la renommée. Trois bateaux qui ne vont pas tarder à faire des envieux. Je vais féliciter notre doyen qui fait son numéro de coquette avec des si. Si j'avais eu un bateau plus long, si j'avais moins de poids à bord, si j'avais eu des cartes plus modernes.

– Et si vous n'aviez pas quarante-huit heures d'avance sur vos pronostics, on aurait été tous là au garde-à-vous pour votre arrivée.

Le vieux chenapan exulte, et nous promet des surprises. Si on lui trouve un budget pour la prochaine course et un autre bateau, car le sien a déjà trouvé un acquéreur local.

Du côté *Kriter V*, Michel Malinovsky va rentrer en métropole en équipage, en course... contre tout le monde et contre lui-même pour établir un temps à battre sur le parcours inverse qu'on appellera le Ruban Rhum.

Kersauson rumine. Sa machine de guerre est une véritable fusée. Ce serait dommage d'en rester là. Sur son livre de bord, il a copié son livret scolaire et ajoute la mention : « Peut mieux faire. » Alors il va panser les quelques plaies, se reposer sous ce climat qui lui convient parfaitement, puis il rejoindra l'Amérique d'où il s'attaquera au record maudit de la goélette *Atlantic* de New York au cap Lizzard à la pointe de l'Angleterre. Pour occuper ses loisirs, il choisira un équipage et me charge – merci beaucoup – d'optimiser le réseau commercial américain d'André Boisseaux, auquel il promet sa présence promotionnelle, studieuse et bilingue.

Olivier de Kersauson a suivi son programme, musardé dans les Caraïbes et entrepris le convoyage de *Kriter IV* vers l'Amérique. Il a eu tout son temps pour décider du choix de ses coéquipiers et pour écouter les ingénieurs météo, ce qui est une grande nouveauté.

KRITER IV

Skipper : Olivier de Kersauson.
Type : trimaran.
Architecte : Xavier Joubert.
Longueur : 23 mètres.
Largeur : 12 mètres.
Déplacement : 7 tonnes.
Surface de voilure : 180 m^2.

QUART KRITER

Skipper : Yves Olivaux.
Type : monocoque (gin-fizz modifié).
Architecte : Michel Joubert.
Longueur : 11,80 mètres.
Largeur : 3,76 mètres.
Déplacement : 6,5 tonnes.
Surface de voilure : 100 m^2.

KRITER V

Skipper : Michel Malinovsky.
Type : monocoque.
Architecte : André Mauric.
Longueur : 21 mètres.
Largeur : 4,10 mètres.
Déplacement : 17 tonnes.
Surface de voilure : 140 m^2.

ROUTE DU RHUM

SAINT-MALO/POINTE-À-PITRE
4 000 milles soit 7 456 km – départ 5 novembre 1978 – 12 h TU

	BATEAU	SKIPPER	TEMPS TOTAL
1.	OLYMPUS PHOTO	Mike Birch	23 j 6 h 59'35"
2.	**KRITER V**	**Michel Malinovsky**	**23 j 7 h 1'13"**
3.	ROGUE WAVE	Philip S. Weld	23 j 15 h 51'32"
4.	**KRITER IV**	**Olivier de Kersauson**	**24 j 6 h 27'20"**
5.	WILD ROCKET	Joël Charpentier	24 j 20 h 37'20"
6.	ARAUNA IV	Jacques Timsit	26 j 5 h 9'25"
7.	ST-MALO/POINTE-À-PITRE	Philippe Poupon	26 j 12 h 52'22"
8.	PETROUCHKA	Jean-Claude Parisis	26 j 16 h 23'29"
9.	SALAMANDRE	Guy Delage	27 j 1 h 49'25"
10.	VIA ASSURANCES	Daniel Gilard	27 j 21 h 17'10"
11.	X'PERIMENTAL	Florence Arthaud	27 j 21 h 46'56"
12.	GUDRUN IV	Joaquin Coello	28 j 1 h 1'13"
13.	**QUART KRITER**	**Yves Olivaux**	**28 j 5 h 2'50"**
14.	BESTEVAER	Klaus Schrodt	29 j 4 h 38' 0"
15.	DAMNATION	Yann Nédellec	29 j 12 h 8' 7"
etc.			

Un fantôme, ça existe et ça téléphone

LES conditions climatiques s'annoncent favorables : entendez par là que, pour tout individu normal, il va faire un temps de cochon et que l'expression est faible. *Kriter IV* fait ses valises, vérifie ses manteaux de voyage, et va recevoir ses amis et les journalistes de New York à deux pas de Wall Street, à South Street Seaport Museum. Kersauson m'a appelé pour me prévenir que l'attente insupportable qui les faisait tourner en rond depuis des semaines était terminée, et que mes services étaient requis pour la conférence de presse et le cocktail qui suivait.

On ne peut qu'obéir à pareille requête, d'autant plus que Kersauson a trouvé de l'aide sur place avec une petite Française qui donne dans les relations publiques. Une drôle de petite bonne femme d'une efficacité sans faille, Nathalie Berliet (comme les camions). Pour commencer, elle m'a retenu une chambre-suite rococo dans un hôtel de légende, le *Mayflower,* à deux pas de Central Park. En moins de trois journées, on aura tout réglé : les notes de presse, les rendez-vous, les contacts avec les autorités portuaires, le déjeuner qu'il faut faire chez Sloopy Louis (traduction française musclée : Louis le Dégueulasse), le grand spécialiste du poisson, avec les représentants de la French Television, l'interview de Kersauson avec Dominique Bromberger, un petit tour au temple du disco, la recherche du saucisson et de pain blanc, la vérification des listes de presse avec l'aimable renfort des services de promotion des films Gaumont.

Des candidats à la gloire et (éventuellement) à la descente des Champs-Élysées, j'en connais déjà trois : Kersauson, Jacques Arestan, le fidèle des fidèles, et Gilles Pernet, en mission officielle de L'Équipe, éternel Rouletabille de talent. Et deux nouveaux : Yannick Trancart qui trompe son monde à première vue, avec son air bonasse de bien assis sur ses jambes, alors que du côté tête il n'est pas mal non plus, avec son doctorat en civilisation, histoire et langues américaines, et champion de parachutisme en prime. Kersauson est assez surprenant dans ses choix et découvertes. Pour faire bonne dose, il a engagé un navigateur hors pair, ingénieur électronicien, doté d'un esprit de synthèse redoutable et d'un nom difficile à écrire et surtout à dicter au téléphone : Daniel Wlochovski.

Dans la proximité des eaux douteuses de l'East River, la presse intriguée est venue faire connaissance avec ces Frenchies et leur drôle de machine. Des Frenchies pas tout à fait normaux puisque les trois quarts (pas moi) sont capables de s'exprimer en un anglais compréhensible et correct. Le saucisson de Lyon et le beaujolais font le reste et l'ambiance est au beau fixe. À tel point que le staff new-yorkais se voit dans l'obligation de me jeter dans un taxi pour atteindre le plus vite possible Kennedy Airport où l'avion de Paris m'attend. M'attend ? La langue française est bourrée d'euphémismes séduisants, les Américains donnant plutôt dans la prononciation sujette à des coquetteries dignes de la réflexion du Sphinx. Tel le message que m'a laissé un secrétaire local de notre consul général, me priant d'aviser M. de Kersauson que le consul lui enverrait la « Pioudjotte » à 11 h 30 pour le déjeuner. Quelle honte pour un Franc-Comtois, inconditionnel de l'équipe de football de Sochaux, d'avoir eu quelque hésitation à y reconnaître là la Peugeot du Français bon teint.

Je pense qu'il vous est indifférent de savoir si j'ai oui ou non attrapé mon avion. Rassurez-vous : je l'ai eu. Rentré à Paris, j'ai aussitôt rebranché mes appareils d'enregistrement pour être prêt à vivre ce challenge historique et me suis installé dans la béatitude du gros chat repu. Dring. Dring.

– Allô, baron, c'est moi.

Je m'en doutais. Personne d'autre n'a eu le privilège de m'appeler ainsi. Salamalecs d'usage. Ça va bien ? Y a-t-il du vent ? C'est un peu mou mais ça va pour un début. Le baromètre nous annonce un coup de chien.

Alors, ça va. C'est bien parti. L'appel suivant confirme. « On » est dans le temps du record. À Paris, bien au chaud, on peut compatir sans danger aux sautes d'humeur de la période pascale. Un gros œuf en chocolat trône dans le salon à côté du magnétophone branché.

Dring.

– Allô, baron, c'est moi. On a fait trois cent quarante et un milles en vingt-quatre heures. Ça marche comme sur des roulettes. L'équipage est parfait. Je vous rappelle demain.

Demain, j'aimerais qu'il téléphone plus tard. Parce que demain, c'est férié. Comme tous les lundis de Pâques.

6 heures du matin. Sonnerie stridente. Le flotteur gauche est plié en son milieu. Les jours de fête : Noël en Australie, Pâques en Atlantique, ne nous sont pas propices. Kersauson l'acrobate a fait le tour du propriétaire

et a décidé de déclencher un may-day*. Mais, en attendant un secours problématique, *Kriter IV* joue les bouchons dans un océan démonté.

Atlantic, le bateau fantôme, défend son record bec et ongles. Les journalistes ont pris l'habitude de le dénommer record de l'Atlantique parce qu'il faut traverser l'océan. Mais le record est celui d'un navire américain, il y a soixante-quinze ans, sous le commandement d'un certain Charlie Barr, qui va soudainement acquérir une notoriété due à la casse impressionnante qu'il provoque.

À bord, Kersauson garde son calme. Mais à peine a-t-il lancé son appel de détresse qu'une voix grave répond à la radio :

– Ici *Atlantic Song,* je vous écoute.

Il y a des milliers de bateaux sur notre planète et c'est un *Atlantic* qui se manifeste. Cela explique pourquoi certains peuvent être superstitieux.

Kersauson a eu une surprise. À moi la suivante.

À peine ai-je raccroché, et *Kriter IV* doit m'appeler à nouveau dans une demi-heure, le téléphone résonne à nouveau. C'est Jacques Goddet, le patron de L'Équipe, qui s'inquiète pour son journaliste. Et la machine infernale se remet en route comme dans la Clipper Race. Radios, TV, journaux se déchaînent. L'écoute est bien rodée. Parmi les plus assidus, Édouard Seidler, le directeur de la rédaction de L'Équipe.

Atlantic Song a fait route sur le bateau en difficulté. C'est un énorme porte-containers suédois de la Wallenius Line. Il va passer la nuit en stand-by à côté de *Kriter IV* et le jour venu les capitaines décideront ce qui conviendra.

Bonne nuit donc aux valeureux marins prisonniers des

* SOS radio.

vagues et des creux. Je me contenterai d'une journée chargée, avec le décalage horaire. Et le téléphone délire.

Kersauson, après examen de la situation, a proposé en VHF au commandant d'*Atlantic Song* une manœuvre hardie qui doit se dérouler à la seconde près. Les Suédois vont jeter un gros filet le long de la coque et, au moment fixé, les deux bateaux vont faire mouvement au commandement de Kersauson et les hommes un par un devront sauter et s'accrocher au filet. Olivier a bien expliqué l'opération sauvetage et a recommandé, ou plus exactement interdit à ses équipiers, de transporter avec eux ce qui n'est pas absolument indispensable. Il s'agit de survie et la moindre gêne dans les mouvements peut être catastrophique dans cet enfer de creux.

Après quoi il me rappelle pour me faire part de sa décision d'abandonner le bateau. Les prochaines liaisons se feront par Gilles Pernet et il reprendra contact dès que tout le monde sera à bord d'*Atlantic Song*.

– Ciao, baron. À tout à l'heure devant ma tasse de thé.

J'explique tout cela à Édouard Seidler qui vient de rappeler. Sa réaction professionnelle est admirable.

– Si vous avez Gilles au téléphone demandez-lui de me faire quatre feuillets dès qu'il sera au sec.

Pernet appelle pour la dernière fois avant la manœuvre. Je lui communique le souhait de son rédacteur en chef.

Et le temps va me paraître long, long, long !

La manœuvre a parfaitement réussi. Un par un, Pernet le premier, ils ont atteint le filet sauveteur, et Kersauson a regardé avec tristesse son beau navire se disloquer. Arestan a pris le relais pour me donner le « résultat des courses ». Impatient, je m'inquiète.

– Et Pernet qui devait m'appeler ?

– Il n'a pas le temps.

– Que fait-il donc ?
– Vous lui avez demandé d'écrire quatre feuillets.

*

À bord d'*Atlantic Song*, Kersauson a la grande surprise d'être accueilli en héros, et sur le même plan que le commandant. Toute l'opération a été photographiée et filmée par l'armateur du porte-containers. Olivier a droit à une cabine d'officier. Après une douche bénéfique, il sirote un whisky bien tassé au carré des officiers dont la porte est restée ouverte sur l'escalier qui mène aux différents ponts et aux cabines d'équipage. Subitement il s'étrangle : un homme descend rapidement pour porter son article à l'officier radio. Il a aux pieds des chaussures neuves. Du sur-mesure ! Pernet a risqué sa vie par coquetterie. Pour masquer son émotion, Kersauson dira qu'il regrettera longtemps qu'il ne soit plus décent de pendre aux vergues les désobéissants.

Les voilà maintenant passagers en route pour Liverpool. Jacques Goddet et André Boisseaux ont estimé qu'il était de notre devoir d'aller rechercher nos petits chats mouillés. Pour marquer notre gratitude envers le commandant d'*Atlantic Song*, ils ont choisi un cadeau superbe, chez un antiquaire de marine, que nous lui remettrons officiellement. La notoriété de l'événement va nous permettre de trouver rapidement un petit jet disponible au Bourget pour être présents à l'accostage du porte-containers.

Kersauson répond avec calme aux questions qui l'assaillent. Sa conférence de presse est claire, ses arguments sans ambiguïté. Il rend hommage au professionnalisme des Suédois qui ne seront pas en reste avec lui lors de la réception qui suivra à bord d'*Atlantic Song* dans le grand carré des officiers, semblable à un club très british. Le commandant fait un exposé admiratif sur le marin Kersauson, son esprit de décision et la qualité de sa manœuvre. L'armateur confirme et me confie que le film qu'il a eu la chance de tourner sera montré dans les écoles. Invité discrètement à faire le tour du propriétaire, je monte des escaliers qui mènent à la passerelle, et là j'en prends plein l'estomac devant la dimension du bateau, du pont, de la quantité des containers arrimés, de la hauteur sur l'eau. Je m'imagine tout cela dans la folie des creux et des vagues, et j'éprouve une sensation de nausée, le cœur au bord des lèvres.

Dans le jet qui nous ramène à Paris, j'en suis encore tout barbouillé, j'avais eu raison de trouver le temps long pendant l'exécution de l'abordage. J'avais comme un regret vis-à-vis de Gilles Pernet de l'avoir amené à écrire ses quatre feuillets toutes affaires cessantes.

Mais la vie continue. Après les embrassades et les retrouvailles où chacun peut apprécier le respect de la qualité des rapports humains, Kersauson dans un bref aparté me dit:

– C'est pas tout ça, baron. Mais il faut que je vous voie dès demain. Je n'ai plus de bateau et il faut voir ce qu'on peut faire pour le Transat en double.

*

C'était en effet très urgent. Dans le mouvement de la tentative de record et de ses tribulations, la nouvelle transatlantique organisée par Le Point, Europe 1 et Neptune-Nautisme m'était sortie de l'esprit. Une nouveauté de tout premier ordre puisqu'elle allait nous permettre de faire connaissance avec les transpondeurs, que l'on allait découvrir sous le nom de balises Argos. Ces balises de repérage, imaginées pour des buts météo, ou pour le suivi d'animaux ou d'objets, allaient changer totalement la course en mer, en permettant la localisation des concurrents grâce aux satellites et à leurs révolutions autour de la terre.

Extrait de l'article paru dans *Voiles et Voiliers*, avril/mai 1979

*Accoster ensemble un trimaran désemparé de vingt-trois mètres et un cargo de trente mille tonnes dans des creux de plus de sept mètres et par un vent de soixante nœuds, il fallait deux marins exceptionnels pour réussir une telle manœuvre. Deux hommes l'ont fait : le capitaine Silvert Sjoberg, commandant l'*Atlantic Song*, et Olivier de Kersauson.*

Nous avons été sauvés grâce à deux marins hors pair.

*Nous avons été sauvés, parce que la chaîne a bien fonctionné, depuis l'appel de détresse émis et capté, à l'arrivée à bord de l'*Atlantic Song*. Nous avons été sauvés, parce que nous avons toujours su ce qu'il fallait faire, trouver et mettre en place le matériel de sécurité, exécuter toutes les manœuvres avec succès.*

Nous avons été sauvés, car nous disposions pour cette tentative, cette expérimentation au large, d'un matériel de liaison et de navigation (BLU, Magnavox) très cher aujourd'hui sans doute, mais qui s'est largement remboursé en quelques heures... du prix de cinq vies humaines. Sans soleil depuis cinq jours, une estime n'aurait en aucun cas, dans ces conditions de temps, pu nous placer à mieux que soixante milles près. Pour explorer une telle zone avec la visibilité que nous avions, il aurait fallu parcourir au minimum sept cent vingt milles. Quarante-quatre heures à dix-huit nœuds...

Nous aurons au moins démontré l'utilité de ce matériel pour ce type de navigation. C'est aussi à ça que servent ces tentatives, car c'est bien à nous, équipages entraînés, qu'il revient de tester des équipements nouveaux, de les améliorer, avant qu'ils ne soient à la portée de l'ensemble des plaisanciers.

Personne ne nous a poussés à faire cela, nous faisons ce métier parce que nous l'aimons, payés uniquement par la richesse infinie de pouvoir vivre la vie telle que nous la souhaitions. Des gens nous y ont aidés, et nous avons fait tout notre possible pour ne pas les décevoir.

DANIEL WLOCHOVSKI

L'EQUIPE bateaux

EXCLUSIF

GILLES PERNET A BORD DE « KRITER IV »

« Nous avons vécu un cauchemar »

A BORD DU PORTE-CONTAINER « ATLANTIC SONG ». — **« Envoyez la trinquette ! »** L'ordre est parti du fond de la poitrine d'Olivier de Kersauson. Tout autour de nous la mer grise, énorme, fumait de colère. « Kriter IV » à l'agonie s'élançait une dernière fois sur son seul flotteur valide pour nous conduire vers le salut. Une manœuvre qui mérite de rester gravée dans les annales de la marine. La coordination était parfaite entre le capitaine du cargo et Olivier de Kersauson, qui parvenait avec son équipage à faire progresser son trimaran jusque sous le vent de « Atlantic Song ». Le porte-container suédois (30 000 tonnes, 170 mètres de longueur) nous assistait depuis plus de quinze heures sans pouvoir rien faire pour nous, tant la mer était grosse et le vent fort (vagues déferlantes de plus de six mètres et rafales à plus de cent kilomètres à l'heure).

Sivert Sjöberg, le capitaine d'« Atlantic Song », un Viking sympathique, sut mettre juste au bon moment ses machines en avant toute afin de nous placer à l'abri des vagues.

Sans un instant de panique, l'équipage de « Kriter IV » parvenait à s'agripper aux échelles qui volaient comme des banderoles dans la tempête, le long du bordé d'acier haut comme un immeuble de six étages. Nous parvenions tous à monter à bord, miraculeusement.

Fin du cauchemar. Olivier, **grâce à sa parfaite maîtrise, à son sang-froid, avait réussi à nous sauver, nous, ses quatre hommes** d'équipage, et c'était bien là l'essentiel.

Après quelques secondes de bonheur procurées par la sensation de ce pont solide sous nos pieds, nous avions tous; littéralement, comme Olivier, des larmes dans les yeux en voyant « Kriter IV » à l'hallali s'éloigner dans le sillage du cargo.

« C'était tout ce que je possédais », lâchait Olivier dans un sanglot. Nous l'avions échappé belle.

Jusqu'au bout de l'enfer

Tout avait commencé vendredi matin. Nous pensions, enfin, en avoir terminé de ces mauvais vents contraires qui nous soufflaient l'étrave depuis le lendemain de notre départ de New York. Malgré ces conditions peu favorables, Olivier avait réussi à cravacher son voilier pour rester dans les temps du record, après une semaine de course à la moyenne remarquable de 10,5 nœuds (plus de 19 km/h), grâce en particulier à une mémorable première journée de trois cent quarante milles couverts, ce qui est sans doute un record en soi, pour un bateau de cette taille.

Alors que nous pensions avoir mangé notre pain noir, nous entrions donc vendredi dans cette satanée dépression qui faillit causer notre perte. Après avoir tenté de contourner la tempête par le Nord, nous nous rendîmes compte que nous ne pourrions y échapper. Nous ne savions pas encore que c'était le début de « notre voyage au bout de l'enfer », version maritime qui mériterait sans doute autant d'Oscars à Hollywood que le chef-d'œuvre de Michael Cimino.

« Et le baromètre chute toujours », lâche le sage Daniel Wloszczowski, ex-équipier de Tabarly à bord de « Pen Duick VI », qui était chargé à bord de « Kriter IV » de tous les problèmes de maintenance technologique.

Sur le petit cylindre de papier quadrillé, enfermé dans son aquarium encadré d'acajou verni, les grilles ne cessaient de plonger : de 1.030 millibars, elles devaient descendre à 980 millibars. Quel schuss !

« Tout le monde sur le pont, affalez toutes les voiles », hurle Olivier.

La mer, qui roule des épaules depuis des heures, change de ton encore une fois. Le sommet des vagues est désormais parcouru de risées qui courent avec la rapidité de l'influx sur l'échine d'un chat sauvage en colère.

Toute la nuit, nous restons en travers des lames à la cape, sous un minuscule bout de foc. La nuit, le spectacle est terrifiant. Superbe aussi, comme un beau film d'horreur.

Je me souviendrai toute ma vie de ce quart tenu avec Arestant, sacré marin, aussi têtu que trapu.

Par moment, je n'osais même pas regarder du côté au vent ! Les vagues, toujours monstrueuses, de plus en plus fortes, arrivaient noires comme de l'encre, ou pis encore bordées d'une écume fluorescente. Désormais, je n'ai plus vraiment peur.

Hurler dans la tempête

Pendant les trois premiers jours de notre voyage, je n'ai pratiquement pas dormi plus de dix minutes d'affilée, sans me réveiller en sursaut dans mon duvet trempé par la condensation.

Les coups de gîte soudains, les solos de batterie de la mer contre ce tunnel d'aluminium, je m'y suis maintenant habitué. Jamais encore, pourtant, je n'avais eu autant de difficultés à lutter contre la peur. Naviguer de nuit par grosses brises, à bord d'un trimaran moderne comme « Kriter IV », est sans doute un des spectacles les plus angoissants de notre époque.

Mon métier de journaliste à « L'Equipe » m'a pourtant donné la chance de vivre de grandes émotions. Mais je peux affirmer que rien, ni par exemple la voltige dans un jet militaire de chasse, ou encore un tour du Circuit du Castellet à bord d'une voiture pilotée par Jean-Pierre Jabouille ne peut procurer les mêmes sensations.

Pendant cette avant-dernière nuit à bord, tandis que l'eau déferle dans le cockpit, j'ai trouvé un truc pour lutter contre l'angoisse.

Je chante — ou plutôt je hurle — tous les airs à la mode, dont j'essaie de retrouver les paroles en français, dans les calmes, et en anglais, ce qui est plus compliqué, dans les survents.

« Ne siffle pas en tout cas, cela fait venir le vent », m'avait conseillé Olivier.

Sang-froid

Samedi matin, nous pensions enfin être sortis du cauchemar. **« Il y a un trou de ciel bleu devant nous »**, avait même lancé Yannick Trancart, un des équipiers du bord, dont la boulimie n'a d'égale que l'insouciance en toutes circonstances.

« Nous arrivons peut-être vers l'œil de la dépression », commente Olivier, sans enthousiasme.

Peu de temps après, le vent tourne effectivement à 35 nœuds. Nous renvoyons alors un peu de toile et « Kriter IV » nous émerveille par sa tenue de mer dans ces conditions.

Pourtant, le baromètre entame une nouvelle rechute. Le vent force une fois de plus. Je suis de nouveau de quart avec Jacques. L'eau est plus que jamais zébrée autour de nous. Olivier, qui n'a guère dormi depuis quarante-huit heures, enfile son ciré et prend ma place à la barre.

Je descends dans la cabine. **« Relève le point au prochain satellite »**, commande Olivier.

Mayday, Mayday, Mayday...

« Tout le monde sur le pont, on affale tout ! Gilles, réveille d'urgence ceux qui dorment. »

Je crois à une nouvelle survente, mais en sortant la tête par la descente, je constate le désastre.

« Regarde le flotteur », dit Jacques.

Le fin fuseau au vent, qui ne souffrait pourtant pas dans les vagues à ce moment-là, est tordu en direction de la coque centrale, comme un vulgaire jouet de celluloïd.

« Daniel, lance un avis de détresse », hurle une nouvelle fois Olivier, qui a bondi sur le bras de liaison pour mesurer l'ampleur des dégâts.

« Mayday, Mayday, Mayday... » Daniel applique les consignes avec calme, sur la fréquence de détresse 21-82. Presque tout de suite, une voix réconfortante se fait entendre :

« Atlantic Song, Atlantic Song, we read you. » Il est 13 h 30, samedi.

Nous savions dès lors qu'un cargo se détournait de sa route pour nous assister, mais la situation n'en était pas moins préoccupante.

Combien de temps pourrions-nous tenir encore dans cette mer ?

Toujours dans le calme, qui a caractérisé notre naufrage, Yannick entassait les vivres dans des sacs, tandis que je préparais les duvets, tandis que Jacques s'occupait de faire tourner la génératrice pour fournir le courant nécessaire à la radio. Tout le monde y mettait du sien avec ponctualité, pour se préparer à la pire des éventualités.

Ballottée par les vagues, la partie avant du flotteur se désolidarisait rapidement du bateau.

« Atlantic Song » arrivait en vue avant la tombée de la nuit, mais il n'était pas envisageable d'embarquer à bord de cette muraille d'acier dans ces conditions.

Réconfortés par la gentillesse de l'équipage et du capitaine du navire suédois, nous nous sentions à la fois moins seuls, mais tellement loin aussi de ce bateau absolument inaccessible dans la tempête.

Toute la nuit, Olivier de Kausauson établissait des liaisons avec Xavier Joubert, l'architecte, et M. Laurent des Constructions mécaniques de Normandie, qui ont réalisé « Kriter IV » l'été dernier.

« Vérifie si le bras de liaison est endommagé », demande Joubert à de Kersauson.

« Impossible de le faire de nuit dans ces conditions de mer, réplique Olivier, **mais nous essaierons demain matin aux premières lueurs du jour. »**

Tandis que « Atlantique Song » s'éloigne un peu pour éviter de nous aborder dans la nuit, nous constatons tout le bonheur d'avoir une bonne radio qui fonctionne parfaitement. Grâce à l'efficacité et à la gentillesse des opérateurs de Saint-Lys Radio, qui nous mettaient en priorité sur une fréquence, nous pouvions obtenir tous les conseils nécessaires.

Michel Etchevenon, responsable du budget de Kriter IV, pensait avant tout à l'équipage et conseillait à Olivier de ne prendre aucun risque.

Cette dernière nuit est, bien sûr, aussi chargée d'émotion que les précédentes. Nous essayons de dormir un maximum pour prendre des forces avant l'épreuve qui nous attend le lendemain matin. Mais à chaque coup de roulis du bateau, personnellement, je redoute le pire.

Mes camarades du bord qui sont, eux, de vrais professionnels de la mer, sont probablement un peu moins angoissés que moi.

« Tu ne trouves pas que le bateau gîte anormalement sur tribord ? demandé-je en pleine nuit à Yannick qui est de quart avec moi.

Il me rassure tout en ouvrant une nouvelle boîte d'ananas.

Le jour arrive enfin, mais la mer n'a toujours pas molli.

Immédiatement, dès que la mer l'autorise, Olivier part sur le bras de liaison endommagé pour faire une inspection plus détaillée. Assisté de Daniel, il essaie d'ouvrir un peu les tôles pour voir si la liaison du flotteur est elle-même touchée.

Kersauson n'a qu'un souci, c'est de préserver son bateau, d'essayer de l'emmener quelque part de de le faire réparer.

Malheureusement, nous voyons à sa tête qu'il ne faut pas y compter. **« Les renforts dont m'a parlé Joubert, sont endommagés, le flotteur prend du jeu, on ne peut pas envisager de rester plus longtemps à bord. »**

Cette nouvelle nous plonge tous dans une tristesse infinie. Après une rapide liaison radio avec « Atlantic Song », celui-ci tente par trois fois de passer près de nous pour voir comment on pourrait effectuer le débarquement périlleux.

On connaît la suite, et ce coup de génie des deux capitaines qui nous permettait de monter à bord du porte-container qui fait route vers Liverpool. Nos mains sont en sang, nous tremblons, Olivier pleure, je pleure...

Nous étions partis avec l'espoir de battre le record du trois mâts « Atlantic » établi en 1905. Ironie du sort : nous terminons le voyage à bord de « Atlantic Song ». Une drôle de chanson qui sonne quand même bien agréablement à nos oreilles.

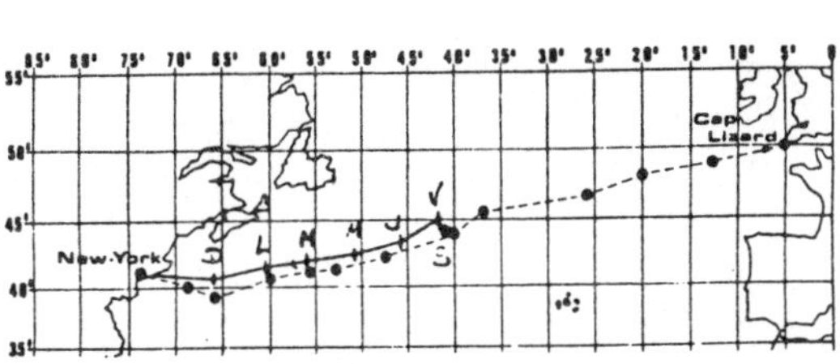

Comme on peut le voir sur notre carte, « Kriter IV » était stoppé hier par une violente dépression et sombrait par 44°33 nord et 40°50 ouest, juste au nord de la route d'« Atlantic » (en pointillés) qui établit le record de la traversée de l'Atlantique en 1905...

Lorient-Express

LA Transat en double devait également trancher une fois pour toutes la question de la suprématie des multicoques ou des monocoques. L'écurie Kriter a déjà engagé un exemplaire de chaque avec le *Kriter V* de Michel Malinovsky, secondé par Pierre Lenormand, et le *Kriter IV* mais, celui-ci étant désormais inutilisable, il y a comme un défaut.

La course prend son départ le 26 mai : le délai interdit d'imaginer une construction miracle. Il faut interroger les assurances, examiner les navires compétitifs éventuellement disponibles... En un mois, cela tient des travaux d'Hercule.

Pour *Kriter V*, la configuration du parcours le fait figurer parmi les favoris. Il faudra aller contre le vent au moins pour la moitié du temps, c'est-à-dire de Lorient aux Bermudes où il faudra virer une bouée avant de retraverser l'Atlantique avec le vent dans le dos. Malinovsky conteste la version multicoque. Certes, il a été battu dans la Route du Rhum, mais de quatre-vingt-dix-huit secondes sur sept mille cinq cents kilomètres. Les bookmakers ont raison de croire en lui.

Kersauson est toujours partisan de l'autre formule, d'autant plus qu'Éric Tabarly et Marc Pajot vont mener un prototype qui doit surclasser la flotte. Un véritable avion, paraît-il. Le bateau et son équipage sont crédibles, et jugés imbattables, quoique...

Quoique l'argument vent dans le nez rappelle à Kersauson l'existence d'un monocoque conçu, étudié pour et par un Hollandais multitalentueux, coureur, architecte, voilier : Gérard Dijkstra.

Deux jours plus tard, l'oiseau rare est là, dans mon bureau, avec un Kersauson-Chimène qui va développer un projet séduisant de location de ce *Bestevaer* qui, entre autres performances, a réalisé dans la Route du Rhum le meilleur temps entre les Açores et la Guadeloupe.

Dijkstra hésite. Il pense même tellement aux possibilités de vaincre qu'il commence à faire machine arrière pour se réserver la possibilité de courir lui-même. Nous lui faisons remarquer qu'il s'agit d'une Transat en double, c'est-à-dire à deux personnes. Que la création d'un équipage de duettistes comme Kersauson-Dijkstra ne passera pas inaperçue et qu'il faudra compter sur leur chance. Bref, le skipper hollandais repart pour La Haye : il me téléphonera après avoir réfléchi. Kersauson commence à bouillir d'enthousiasme et d'espoir. Il va appeler le chantier de Dijkstra et va lui proposer un montage sérieux de leur opération.

Le lendemain matin le téléphone sonne alors que je reçois une candidate pour mon secrétariat. C'est Dijkstra qui, dans un mélange d'anglo-néerlandais, tente de m'expliquer des tas de choses et plus particulièrement des raisons qui ont meublé ses rêves. En aparté, j'explique à la candidate que mon interlocuteur bavard est hollandais

L'orgueil de l'Angleterre, le catamaran *British Oxygen*, qui court plus vite que son ombre, est passé de l'autre côté du Channel, sous le commandement de Jean-Yves Terlain. Il s'appellera désormais *Kriter III*. 20

Le *Besstrashnyj*, le navire de surveillance des pêches soviétique, a repêché au large de Terre-Neuve ce qui reste de *Kriter III* et de Terlain, auxquels se sont adjoints l'ami d'enfance Yvon Fauconnier et *ITT Océanic*, l'ex-*Vendredi 13*... de Jean-Yves Terlain.

21

22

23

24

Issu des ordinateurs, habillé de nids d'abeilles, comme le *Concorde*, équipé des dernières inventions des grosses têtes pensantes, né orgueilleusement face aux vedettes de Cherbourg, le bateau de guerre de course, imaginé par Xavier Joubert et Olivier de Kersauson: *Kriter IV*.

Accoster ensemble un trimaran désemparé de 23 mètres, *Kriter IV*, et un cargo de 30 000 tonnes, *Atlantic Song*, dans des creux de plus de 7 mètres, par un vent de 60 nœuds, c'est un exploit franco-suédois qui a mérité la une de *Paris - Match*.

Kriter VIII, un monstre spécialement étudié pour... être mené par un seul homme, un gros monocoque qui va faire l'admiration de millions de téléspectateurs et des lecteurs du *Figaro Magazine*.

▷

25

L'arrivée historique de la première Route du Rhum en solitaire. Après 7 000 kilomètres de course et une régate à vue de plus de 9 heures, le Canadien Michael Birch règle Malinovsky dans les 300 derniers mètres. *L'Equipe* titrera « 98 secondes pour une éternité ». La course open est née ; les multicoques ont définitivement pris les devants.

L'ACTUALITE TRANSATLANTIQUE

J'ai vu partir les cent plus beaux voiliers du monde

Objectif Newport : encore douze jours de mer... ou trente. A Plymouth, nous les avons vus se lancer à l'assaut de l'Atlantique-Nord.

par Patrice de Plunkett

Pour arriver au milieu de la baie, l'Anglais souque depuis des heures, dans ce canot si infime que le rameur a l'air assis sur les vagues. Calme, distant, incongru. Sans âge. C'est le hasard du roulis qui vient de le faire surgir dans mes jumelles, avec sa casquette à carreaux et son veston brun, pendant que je fouillais l'enchevêtrement de voiles qui couvre la baie sur plusieurs milles : le départ de la Transat est à treize heures, mais depuis onze, tout ce qui pouvait flotter dans le sud de l'Angleterre, yachts, dériveurs, planches à voile, hors-bord, pneumatiques, bateaux promenade, kayaks, est concentré entre l'estuaire de la Tamar et l'estuaire de la Plym. Une meute de spectateurs. Un ballet de mâts qui dansent et s'entrecroisent, secoués par le mauvais clapot et le vent en rafales.

Moi, j'ai embarqué au Phoenix Wharf de Plymouth, près du fameux Barbican où le corsaire Drake avait sa maison dans les années 1580, quand il coulait une Armada par an. Et pas loin du *pier* où les « non-conformistes » du *Mayflower* ont pris la mer en 1620, pour s'en aller aux Amériques vivre la Bible vingt-quatre heures par jour. Ma vedette antique, pavoisée à mort, affrétée par l'état-major des montres suisses Eterna (sponsor (1) du proa de Jean-Marie Vidal et Elie Aigoin), est pilotée par un sexagénaire de Cornouaille, teint de brique, favoris d'argent, visière au ras du regard bleu-humide ; à l'instant où on larguait les amarres, cet être a débouché sous nos yeux une flasque de whisky. Le voilà maintenant qui coupe son moteur à l'extrême ouest de la ligne des bateaux accompagnateurs, suffisamment loin de la zone de départ des concurrents pour que les horlogers venus de toute l'Europe admirer leur multicoque soient mis hors d'état de le faire... Les Suisses s'indignent. Le captain finit par répondre, d'un ton las mais ferme et en posant sa flasque vide, que depuis le début des fichues courses, c'est ici qu'il arrête son foutu bateau, et qu'on ne va pas changer ses foutues habitudes ; le reste de la phrase se perd, à tribord, dans le rugissement écumeux d'une barge pleine de soldats en béret vert et tenue de combat, à bâbord dans le grondement d'une barcasse bondée de Bretons, le gwenn-ha-du (2) claquant au bout d'une hampe de fortune. Sur notre arrière, triple coque d'aluminium gris, *Paul Ricard* d'Eric

suite page 60 ▶

58

Samedi 5 à 13 h, en baie de Plymouth, le départ : cap sur l'Amérique. Pour l'équipage de « Kriter VIII », Michel Malinovsky (39 ans) et Joël Charpentier (36 ans), une stratégie : vaincre les multicoques.

26

neptune nautisme
VOILE ET MOTEUR
De toutes les couleurs : LA TRANSAT
En croisière aux îles Faeroe
METEO : où et comment s'informer
MALINOVSKY : affronter le gros temps
RADIO : tout sur la VHF 1980
PNEUMATIQUES OU RIGIDES : le bon choix
Quatre bancs d'essai voile et moteur
18
KRITER

28

Un trimaran de conception américaine qui cherchait un sponsor. Le sponsor existait puisque Tom Grossman l'a rencontré : *Sponsor Chaser* est devenu *Kriter VII.* Elevé au top des bookmakers, il collectionnait les malchances au port, où son arrivée tardive lui valait une pénalité irrattrapable. Après quoi, un concurrent l'emboutissait quelques minutes après le coup de canon. Reparti 28 heures après son accident, il a été l'auteur d'une remontée spectaculaire.

30

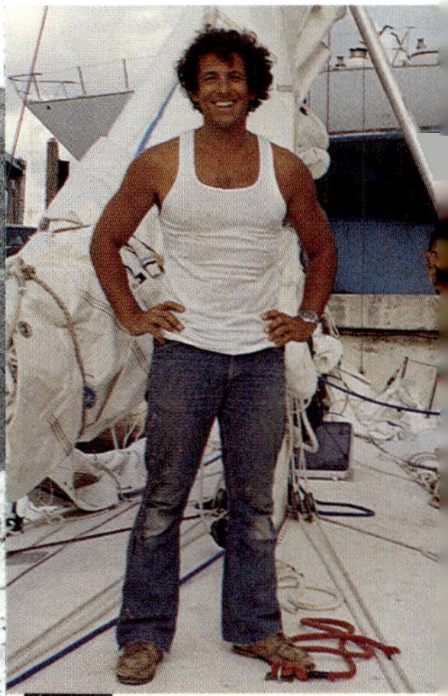

29

Bestevaer, le bateau hollandais imaginé par Gérard Dijkstra pour la Transat anglaise, devenu *Kriter VI* dans les mains d'Olivier de Kersauson. Les performances de ce bateau sont tellement indiscutables que la couverture d'une revue nautique lui accordait la victoire moins d'une semaine avant l'arrivée. Document rare puisqu'il n'a jamais officiellement existé.

31

Naomi James, qui vient d'accomplir son tour du monde en solitaire et que Sa Très Gracieuse Majesté a récompensée en l'élevant à la dignité de Dame (équivalent macho : Sir). André et Monique Boisseaux font de leur mieux en lui confiant *Kriter Lady*. C'est la moindre des choses.

32

Pour la course suivante, Dame Naomi a opté pour le format au-dessus, avec *Kriter Lady II*... qui aura les honneurs de la couverture de l'*Observer*.

33

OBSERVER
31 MAY 1981
TWO HANDS ACROSS THE SEA
Dame Naomi James and Laurel Holland limber up for The Observer/Europe 1 Transatlantic Race
See page 48
THE OBSERVER
30p
OFFICIAL RACE GUIDE

35

L'architecte André Mauric a tellement entendu parler de la célèbre sardine qui bouchait le port de Marseille qu' il a sans doute été influencé au point d'imaginer la mise à l'eau de *Kriter VIII* à La Rochelle.

Quand les Américains du Mississippi ont vu apparaître *Kriter VIII* dans toute sa splendeur et son élégance, un long murmure d'extase a propagé la flatteuse opinion des yachtmen, un peu lassés des multicoques et des prototypes, pour ce bateau qui ressemblait à un bateau.

36

et que nous essayons dans un anglais approximatif d'être sur la même longueur d'ondes. Gentiment, elle me propose de m'aider, car elle parle couramment l'anglais, et le hollandais comme père et mère, car elle est hollandaise. C'est ainsi que je me suis payé un des plus gros succès de ma carrière : Dijkstra, qui voulait m'annoncer son accord, a trouvé que nous étions vraiment des gens à décision rapide, pour avoir engagé en vingt-quatre heures une secrétaire qui puisse lui répondre... dans le texte.

Deux coups de téléphone à Beaune, deux courriers précis, et voilà *Bestevaer* devenu *Kriter VI* et qui rejoint le peloton des favoris.

*

À Lorient, la foule des grands événements s'est déplacée. Les concurrents sont offerts à l'admiration du public sur plusieurs bassins et le plus lointain est le plus recherché pour voir la curieuse machine à gagner inventée par Éric Tabarly, sponsorisée par Paul Ricard.

Dans la ville, sur les quais, c'est la fête. Au centre de l'organisation, c'est la grogne et l'angoisse. On prévoit une météo épouvantable, l'Apocalypse, des vents de force huit-neuf... Le comité technique a réuni les skippers et leur a annoncé que le départ serait donné à l'heure prévue, mais que chacun déciderait de la conduite à suivre, en son âme et conscience.

Le 26 mai, à 13 heures 29 minutes et 50 secondes, il n'y a plus lieu de tergiverser. Jean-Claude Parisis, sur *Fernande*, ne s'est pas posé la question et a eu l'honneur de couper la ligne de départ le premier. Derrière lui, les grands multicoques n'ont pas mis longtemps à prendre de la vitesse. *Paul Ricard* et *VSD* suivis de *Télé 7 jours*, alors que, surprenants de vélocité, *Kriter VI* et *Kriter V* ne tardent pas à rappeler l'aisance des grands monocoques à lutter contre le vent.

Météo lugubre, annoncée d'une voix grave, vent forcissant: *Kriter V* mange son pain blanc. Les balises Argos commencent à donner des localisations précises qui permettent d'alimenter les conversations et les contestations, puisque les classements provisoires ne tiennent compte que de la distance en ligne droite entre le bateau et les Bermudes. Alors on va vivre délicieusement le festival des si. S'il était plus à gauche, s'il était plus à droite. *Kriter V* et *Kriter VI* à ce petit jeu-là sont à la fête.

Au cinquième jour de course, Malinovsky est obligé de lever le pied par suite d'incidents. Un coup de vent propulse Kersauson et Dijkstra en tête devant *Paul Ricard.* Puis la divine surprise: premier, *Kriter V*; deuxième, *Kriter VI*; troisième, *Fernande.* Trois monocoques mènent le jeu.

Les balises permettent des classements différents dans la même journée, comme le Tour de France cycliste. Jacques Goddet l'avait bien prévu dans des commentaires *off records*: « Quand vous arriverez à donner les temps de passage à 13 h 30 comme il nous est possible de le faire en haut des cols, le public se passionnera. » Pour les chassés-croisés, on est plutôt servis: premier, *Paul Ricard*; deuxième, *Télé 7 jours*; troisième, *Kriter V*; quatrième, *Kriter VI.* Et pendant ce temps-là, ça casse un peu partout. On répare aux Açores, on réparera aux Bermudes. *VSD* devra s'arrêter impérativement, problème de bôme.

9 juin: *Kriter VI* qui frétille comme un gardon dans les conditions climatiques qu'il rencontre a une fuite malodorante dans ses réservoirs d'eau potable; or le règlement exige de chaque concurrent d'avoir à son bord et de présenter intacts à l'arrivée un nombre précis de litres d'eau nécessaires pour la survie. À moins de grains mira-

culeux, il devra s'arrêter aux Bermudes pour prendre de l'eau. Mais où trouver de l'eau minérale? Comment préparer dans les meilleures conditions ce stop intempestif? La réponse est connue: Yaka!

Avec cette formule, qui n'a rien de japonais, la solution passe à nouveau par les bagages, le téléphone, le premier avion pour le centre du Triangle. Les voyages ne forment-ils pas la jeunesse?

À la réflexion, il y a des moments où la vie de fou a ses compensations. Être «obligé» de partir trois jours aux Bermudes pour travailler justifierait presque l'envie de se faire plaindre. Bermudes, à l'oreille, a pourtant une certaine puissance évocatrice fallacieuse de farniente, de plage, de mer, de soleil et même de coups de soleil.

Quand j'arrive, le soleil est justement en vacances. L'imperméable est de rigueur et les bottes ne sont pas de trop. Les équipes d'assistance de *VSD*, de *Paul Ricard*, de *Télé 7 Jours* sont déjà là pour parer à toute éventualité. L'objectif étant de limiter au maximum le temps d'arrêt, s'il y a lieu. Dans une course de dix mille kilomètres, dans l'océan sans limites, où théoriquement la pendule compte peu, l'homme a fini par trouver des raisons supplémentaires de se compliquer la vie, on compte les secondes! On va décompter même le temps de passage obligé pour lui donner une allure de scoop. Par exemple, pour *Kriter VI*, cas qui nous intéresse au premier chef, le transport d'eau minérale que nous projetons va donner lieu à un exercice du même type que le changement de roues dans un grand prix automobile de Formule 1.

À propos d'eau minérale, Kersauson et Dijkstra ont demandé cent vingt litres de cette marque qui, quoique réputée légère, légère, légère, pèse quand même cent vingt kilos comme ses camarades, plus le paquet-cadeau.

Paul Ricard a viré la bouée dans la nuit, et *Kriter VI* est annoncé pour ce soir. Il faut faire vite pour trouver le matériel, d'autant que les magasins sont fermés pour cause de week-end.

Il me faut de toute urgence rencontrer l'importateur de Kriter, qui doit connaître tous les concessionnaires de boissons de l'île, et qui a été averti par télex de Beaune. À l'hôtel, je remplis rapidement les formalités d'entrée, et la réception me donne ma clef, accompagnée d'un message qui me prie de prendre contact avec le directeur du restaurant dès mon arrivée.

Les cent vingt bouteilles sont dans la réserve à ma disposition. Je suis quand même un peu bluffé, avant d'éclater de rire : notre importateur, étant multicarte, défend les intérêts de l'eau en question ! Il n'y a plus qu'à préparer le transbordement, accompagné de cigarettes, de fruits, de vivres frais, de pain de mie et du supplément de documentations nautiques qu'ils m'ont demandé. On va aller reconnaître les lieux, répéter les mouvements à accomplir pour marquer officiellement l'escale sous contrôle. On va placer les colis à l'endroit idoine pour gagner des fractions de seconde, et les protéger de la pluie qui tombe, comme disait « l'autre », comme ruminant qui s'oublie.

Et nous voilà prêts rapidement à faire face. Quel dommage quand même que ce petit articulet dans le règlement, alors que *Kriter VI* va nous faire le somptueux cadeau de passer la bouée en second, derrière *Paul Ricard.* Le repérage et la rentrée dans le port, le remorquage, le stop-chargement, le re-remorquage vont nous coûter deux bonnes heures au minimum, si tout va bien. Il en faut moins pour perdre une course.

À l'hôtel, toute la grande famille déambule dans le hall à proximité du bar. On échange quelques mots, quelques commentaires, quelques espoirs et même quelques regards en chien de faïence. On se prépare à une nuit longue, donc on se pare contre la défaillance. Le gin-tonic cher aux Anglais circule en même temps que la bière. Quelques futés de la presse, plus au courant des dernières modes, ont découvert une table de jeu de football électronique. Un rapide coup d'œil à l'extérieur: il pleut davantage. C'est d'une tristesse !

Bonjour, Bonsoir. Vous avez des nouvelles? Comme nouvelle on sait par la cantonade qu'il ne faut pas s'imaginer que les commissaires seront laxistes quand Kersauson et Dijkstra exécuteront leur numéro imposé. Quelle heure est-il? L'heure du whisky et du bourbon. L'heure de la *nice cup of tea.* C'est bon à prendre, ça mène tout droit au dîner. On va manger bermudien. C'est une grande partie de l'intérêt des voyages, on se déphase.

Une douche bien chaude, des savons de chambre d'amis, et l'on peut redescendre jusqu'à la salle à manger. Les nouvelles y sont fraîches avec la confirmation de l'arrivée supposée imminente de *Kriter VI,* mais pas tout de suite. Alors, on part dans les folies, dans l'étude salivante du menu des spécialités. Facile à dire, aisé à faire son choix: consommé, sole de Douvres, et l'inévitable gelée flottante bien connue de tous les aspirants polyglottes. Mais, même pour le consommé, on repassera, la nouvelle déclenche l'excitation: ils arrivent.

C'est une véritable ruée sur les imperméables, les voitures, les scooters. Nous voilà tous agglutinés au port. Journalistes, photographes, officiels ont réquisitionné des vedettes et une petite symphonie de flashes nous distrait un instant. Nous, qui devons surveiller la manœuvre, restons fidèles au poste. Toujours pas de nouvelles. Ils sont là, paraît-il, mais l'approche est dangereuse, l'endroit étant réputé « mal pavé ». Les minutes passent, les heures passent. Un sandwich serait le bienvenu, mais on ne va tout de même pas le prendre dans ce qui est destiné au bateau.

Minuit, 1 heure du matin, 2 heures. Il y a bien longtemps que l'on devrait voir un mouvement. 2 h 30. Ça bouge, on voit des lumières. Tous les acteurs se préparent, chacun à sa place. Voilà les vedettes qui nous cachent sans doute *Kriter VI.* Il n'y a pas de *Kriter VI.* Devant les risques importants de l'entrée de nuit, Kersauson et Dijkstra ont renoncé à s'arrêter. Ils ont passé la bouée à 2 h 10, très euphoriques. Il y a un petit message pour moi : « Tant pis pour les cigarettes, le pain de mie faites-en des sandwiches, ne nous en voulez pas, on a la pêche ! Pour l'eau ça ira, il a tellement plu ces deux derniers jours que l'on a récupéré de l'eau potable à en revendre ! »

Il pleut. C'est tout de même sympathique, la pluie.

Dans l'ordre d'urgence, maintenant, la sympathie nous mène droit à l'hôtel pour se sécher et dormir. Michel Colomès, Dieu-le-Père de la Transat en double, m'annonce Malinovsky pour le lendemain. Deux *Kriter* dans les quatre premiers, dans une concurrence aussi relevée, c'est Byzance !

Se réveiller aux Bermudes, un rêve. Par la fenêtre, le temps est exceptionnellement maussade. Michael Birch est passé à l'aube. Au suivant ! En attendant Malinovsky, chance absolument rarissime : on va pouvoir visiter l'île. C'est moins bien sous la pluie que sur les cartes postales, mais c'est intéressant de conserver une image d'un pays qui jusqu'alors n'était qu'un point sur la carte. À dire vrai, la journée n'a pas laissé un souvenir inoubliable.

Vers 20 heures, nous sommes gentiment invités à embarquer sur un énorme bateau à moteur, type week-end pour

James Bond, pour être sûr de voir passer ce *Kriter V* déjà chargé de gloire dans son combat historique avec Michael Birch en Guadeloupe. Le pilote est bien rodé et a fait provision de munitions contre la soif. Bien comme il faut. Pour éviter toute déshydratation, il essaie toutes les marques de bières et de bourbons. Il pleut derechef, l'occasion idéale de passer au rhum. La radio grésille. C'est Michel Malinovsky qui annonce son passage très prochainement, dans quelques heures. Il m'explique largement ses déboires, le manque de vent, le trop de vent, cette garce de pluie, son regret de ne pas aller plus vite.

Vers minuit, il rappelle, il approche. Il faudra encore attendre près d'une heure pour déceler ses feux. On prévient le pilote qui met la gomme et qui fonce dans le brouillard. Tellement même que l'on aperçoit la grosse coque bleue de *Kriter V* et sa gîte. On alerte le pilote qui va droit dessus par le travers.

On ne va tout de même pas le couper en deux ! Le pilote met ses projecteurs pleins feux. *KriterV* a l'air d'une grosse baleine. À la radio, Malinovsky nous annonce le top de son virage. Nous arrivons sur lui juste à l'arrière grâce à un réflexe de notre conducteur hilare qui nous lance :

– Je ne le voyais pas dans la nuit avec sa coque bleue.

Cinq heures vingt-cinq, *VSD* faisait escale. L'entourage de Riguidel et Gahinet n'était pas certain qu'ils repartiraient : le retard aux Bermudes qui allait bénéficier d'un supplément avec les réparations indispensables avait refroidi l'enthousiasme et l'excitation. C'est là que les deux Bretons décontractés ont pu dormir et se restaurer pendant que l'équipe de secours se décarcassait pour refaire une santé au trimaran. Treize heures et sept minutes après, *VSD* repartait, tout son potentiel retrouvé, avec cinq cents kilomètres de retard sur *Paul Ricard*, trois cents sur

Kriter V, deux cent cinquante sur *Télé 7 Jours* et cent sur *Kriter VI*.

La course prend tournure. Au nord : Tabarly, Malinovsky, Michael Birch. Au sud, Kersauson nous fait savoir qu'avec Dijkstra, ils ont décidé de tenter l'impasse. Kersauson regrette *Kriter IV* qui, estime-t-il, aurait réglé tout le monde. Par radio il nous explique qu'une place de figurant de luxe ne l'intéresse pas. Les vents du nord ne sont pas pour son monocoque. Avec un peu, beaucoup de chance, la solution est au sud.

Au sud, il n'y a pas de chance et il n'y a pas le vent espéré. Au nord, *VSD* dans les vents portants est remonté à la hauteur de *Kriter V*. Le classement extrapolé du 20 juin donne : premier, *Paul Ricard* ; deuxième, *Kriter V* ; troisième, *Télé 7 Jours* ; quatrième, *VSD* ; cinquième, *Kriter VI*. Le 22 juin, *VSD* est en deuxième position.

Près de Lorient, à neuf kilomètres de la ligne d'arrivée, *VSD* est à vingt mètres de *Paul Ricard*. Le sprint final va se solder par la victoire de Riguidel et Gahinet et un écart de cinq minutes quarante-deux après dix mille kilomètres. *Bis repetita* ?

Kriter V, premier monocoque, rate la troisième marche du podium de très peu, battu par... Michael Birch. *Kriter VI* termine en roue libre. Malinovsky a confirmé ses talents de champion. Kersauson et Dijkstra ont animé la course et joué *Mission impossible*.

TRANSAT EN DOUBLE

LORIENT/LES BERMUDES/LORIENT
environ 5 800 milles soit 10 740 km – départ 26 mai 1979

BATEAU	TYPE	SKIPPER	ARRIVÉE
1. VSD	Tri	Riguidel/Gahinet	29/6 à 20 h 1′ 2″
2. PAUL RICARD	Tri	Tabarly/Pajot	29/6 à 20 h 6′ 44″
3. TÉLÉ 7 JOURS	Tri	Birch/Vidal	30/6 à 3 h 23′33″
4. KRITER V	**Mono**	**Malinovsky/Lenormand**	**30/6 à 9 h 27′**
5. FERNANDE	Mono	Parisis/de Rosny	30/6 à 21 h 45′
6. SERENISSIMA	Mono	Bacilieri/Vallin	2/7 à 19 h 24′
7. PEN DUICK III	Mono	P. Tabarly/Poupon	2/7 à 19 h 33′
8. KRITER VI	**Mono**	**de Kersauson/Dijkstra**	**2/7 à 20 h 7′**
9. AVI 3000	Mono	P. et J.M. Carpentier	5/7 à 22 h 42′
10. BIOTHERM	Mono	Arthaud/Hermann	7/7 à 1 h 57′
etc.			

Un *Kriter* peut en cacher un autre. Yes

POUR ce qui est de la suite dans les idées, on ne pourra pas reprocher à Kriter et à son président André Boisseaux une impatience ou une remarque quelconque. D'abord parce qu'il est beau joueur, et surtout parce qu'il ne peut s'empêcher d'admirer le courage et la rage de vaincre de ces nouveaux chevaliers prêts à tout pour faire valoir le drapeau de leur mécène. J'en profite pour me resservir aussitôt de ce mot qui vient de tomber tout seul sur ma feuille de papier. Contrairement à certains esprits chagrins, je préfère cette appellation à celle de sponsor. Mécène était Isabelle la Catholique, mécènes étaient Louis XIV et les princes de Prusse qui recevaient en récompense les bienfaits de la notoriété et de la satisfaction personnelle d'avoir participé à la création de chefs-d'œuvre.

Ce matin-là, le mécène, d'humeur frétillante, me bousculait comme à son habitude.

– Alors, jeune homme, réveillez-vous. Il est 8 heures et

aujourd'hui je n'ai pas beaucoup de temps à consacrer aux frivolités. Dépêchez-vous. Quoi de neuf?

Tout à fait le style de langage à tenir à quelqu'un qui vient de couvrir trois cents kilomètres en voiture et qui sait par expérience qu'on va passionnément refaire notre monde jusqu'à 19 heures. Le truc est usé jusqu'à la corde, mais ça marche, aussi bien pour l'un que pour l'autre. Ça me rappelle aussitôt une vigoureuse passe d'armes acidulée que j'ai eue à Londres avec l'importateur anglais, que j'agaçais volontairement quant aux mérites respectifs d'un *Kriter* et d'un *Great Britain.*

– Vous pouvez faire ce que vous voulez, et même gagner si vous en êtes capables. Il n'en demeure pas moins que *Kriter* ne sera jamais qu'un yacht français !

Il y avait un bon moment que cette réflexion lumineuse me trottait par la tête. Kriter étant un produit international, il y avait lieu de le faire remarquer et de trouver un champion capable de faire honneur à son pavillon. L'idéal en somme eût été d'en avoir un par pays.

La prochaine grande course, nouvelle édition de la Transat anglaise en solitaire partant de Plymouth et arrivant à Newport, comptait déjà un *Kriter* français, le *Kriter VI* ex-*Bestevaer,* monocoque doué et conçu pour ce parcours, Kersauson et Dijkstra venaient de le prouver.

Les frais de course étant limités et raisonnables, l'importateur américain ayant par ailleurs fait part, par écrit, de l'intérêt qu'il porterait à l'aventure s'il y avait un skipper US, j'émis l'hypothèse de continuer notre effort d'« écurie » en recherchant un drapeau étoilé convenable, et pourquoi pas, intellectuellement parlant, l'Union Jack.

– Creusez donc !

*

Je n'ai pas creusé tout seul. L'importateur britannique et son équipe ont été plus rapides et plus efficaces. Sur le plan médiatique, il était difficile de faire mieux. Ils ont en effet convaincu la jolie Anglaise ex-Néo-Zélandaise Naomi James, femme de Robert James, l'un des skippers les plus doués. Elle accepte de courir sous nos couleurs et sous son pavillon.

Naomi James, pendant que son mari courait le tour du monde en équipages, a entrepris « pour s'occuper » un tour du monde en solitaire qu'elle a bouclé sans problèmes. Sa Très Gracieuse Majesté la reine Élisabeth II vient de lui décerner le titre envié de Dame, qu'elle a accordé aux célébrissimes cantatrices et actrices du Royaume-Uni. Pour la petite histoire, le lendemain de la cérémonie officielle, Kriter ne résistait pas à la faire « Kriter Lady », à deux pas de Tower Bridge. Ce qui était la moindre des choses.

C'est ainsi qu'il y a désormais un yacht *Kriter* anglais, et, comble de la perfection, pris en charge par le budget de l'importateur. Noblesse oblige.

Du côté américain, j'ai trouvé mon homme, Tom Grossman, ou plutôt, pour aller plus vite, il m'a trouvé, alors qu'il cherchait désespérément un sponsor au point d'avoir baptisé son multicoque *Sponsor Chaser* (en gros : « Chasseur de sponsor »). Il n'a donc pas eu trop de mal à trouver son « gibier ». Il en a eu davantage à ne pas obtenir une aide déraisonnable. Finalement je présente sa candidature parce qu'il est pragmatique, motivé pour courir, décidé à gagner même. Il a des références en or, ayant terminé quatrième de l'épreuve quatre ans auparavant, et les bookmakers vont lui attribuer le top de la cote.

Entrepreneur avec son père, dans le civil, c'était, dans le sujet qui nous préoccupe, le PRO américain. Dossier, préparation, curriculum, mise au point ! tout est un exemple. Sauf peut-être un petit détail quand même, un retard de quelques heures pour rejoindre la base de départ de Plymouth, après une traversée de l'Atlantique, qui l'oblige à prendre une pénalité stupide de onze heures infligée par le comité de course.

À une époque où l'on a pu constater des écarts de quatre-vingt-dix-huit secondes en sept mille kilomètres, il faut être doté d'une sportivité à toute épreuve pour ne pas baisser les bras.

*

Nous voilà donc dans le port de Plymouth avec notre fière écurie franco-américano-anglaise à respirer avec délices la poudre qui mijote et les poussières de charbon qui nous environnent. Les concurrents sont très disséminés, suffisamment pour que l'on soit harassé quand on va de l'un à l'autre.

La marée est assez importante et le public découvre Dame Naomi comme au fond d'un trou, en se penchant pour essayer d'en voir davantage.

Naomi range ses affaires, ses documents et ses cartes, ses provisions, ses livres et ses cassettes. Chaque fois qu'elle lève la tête, une bouffée de tendresse lui tombe dessus avec des petits signes de la main des envieux qui passent. Journalistes et photographes français, bardés de matériel, se relaient sur les échelles du quai. Naomi a déjà beaucoup donné à la presse, à la radio et aux TV britanniques. Elle répond calmement ou presque.

Je me suis installé à l'arrière de *Kriter Lady*. Et il m'arrive de prendre le relais pour dire ce qu'elle pense, ce qu'elle dit, ce qu'elle va manger. Ça dégage un peu. Monique

Boisseaux, la marraine, donne un sérieux coup de main pour l'installation interne. Les encouragements viennent par vagues, accompagnés de petits éclats de spots. Par inadvertance, je touche à la barre, ce qui déclenche aussitôt un orage de flashes suivi d'une tempête de rires. J'ai involontairement donné aux photographes la photo-scoop, puisque, même s'il est de notoriété publique que j'aime la performance, les événements et l'information, je traîne une casserole bien ancrée de tiédeur vis-à-vis des bateaux, due tout particulièrement au fait que je redoute, avec tous les documents que je transporte dans ces circonstances,pour mon sens de l'équilibre. Mais, que faire? On attrape une réputation comme on prend un rhume.

J'ai fait dans la galanterie. On se retrouvera au dîner d'avant-départ. Pour le *Kriter* français, c'est plutôt un petit tour d'amitié quoique, en ce qui concerne Kersauson, son accueil est politesse doublée d'ironie sournoise.

Je rejoins donc *Kriter* US, officiellement *Kriter VII* encore au chantier avec Tom Grossman qui me fait les honneurs de sa « merveille ». Je n'ai aucune honte d'ailleurs à confirmer que l'équilibre sur des poutres n'est pas non plus ma tasse de thé.

Il y a quand même des progrès et, le matin du départ, tous les concurrents sont prêts à se soumettre au grand ballet des vedettes chargées de les sortir du port. À l'heure prévue par l'organisation, *Kriter VII* a quitté le chantier. *Miss Dubonnet*, qui a modifié son gréement dans la nuit, va inaugurer les problèmes. Deux heures avant le coup de canon, son mât se plie et la presse se gave des larmes de Florence Arthaud, son skipper. Tant de travail et d'espoirs annihilés!... Mais c'est bien connu, ça n'arrive qu'aux autres. Marc Pajot conduira *Paul Ricard*, la « machine » d'Éric Tabarly auquel les médecins ont interdit de partir à la suite d'une mauvaise chute de ski. Marc Pajot n'a pas fait sa qualification dans les temps. Le Comité est inflexible, le règlement est le règlement. Philip Weld, l'Américain doyen de la course, qui auparavant en guise d'apéritif a gagné le Kriter Trophy*, intervient et Pajot courra sans courir, c'est-à-dire clairement qu'il court hors classement. On le verra donc... sans le voir. Après quoi d'ailleurs, un mois plus tard, avec Éric Tabarly et trois équipiers, le *Paul Ricard* pulvérisera en 10 jours et 7 heures le record inaccessible de Charlie Barr, réalisé soixante-quinze ans auparavant par la goélette *Atlantic* de Sandy Hook au cap Lizard.

5... 4... 3... 2... 1... Pan ! C'est le grand départ. C'est aussi le deuxième problème : deux concurrents se sont télescopés. Tom Grossman, descendu quelques secondes pour chercher son chronomètre, n'a pu éviter un concurrent espagnol. *Kriter VII* est profondément déchiré.

À bord du tout petit** dernier de la Brittany Ferries, une unité splendide arrivée le matin même de Finlande et qui fait là sa première prestation, nous sommes obligés de nous contenter des maigres informations. Bref, même si *Kriter VII* figurait parmi les super-favoris, il ne fait désormais partie que des péripéties. On sait qu'il n'a pas coulé, qu'il n'y a pas de blessé et, aux toutes dernières nouvelles, qu'il a été remorqué.

C'est long quand même de se faire des cheveux, en mangeant des sandwiches et en buvant de l'eau (par profession de foi). Il faut patiemment attendre le retour et remonter à l'hôtel pour téléphoner et aviser.

Dans le couloir de l'hôtel, une silhouette bouclée et

* Course anglaise réservée aux multicoques, sponsorisée cette année-là par Kriter England.

** C'est une litote.

prostrée. Le visage ravagé. J'ai connu le même homme plus cool, plus sûr de lui. Les deux personnages s'appellent du même nom : Tom Grossman. Affolé, perdu, il exprime toute une litanie de pourquoi, et de comment.

Je lui coupe le débit.

– Si je comprends bien, le bateau est inutilisable ?

– Non, non, il est réparable.

– Alors qu'est-ce que vous faites ici ?

Interloqué, il crache son chagrin, son désespoir, sa honte, sa hantise de perdre la face, ses économies, l'argent de ses parents, et surtout comment rembourser Kriter qui lui a fait confiance.

Sobrement, je lui confie qu'André Boisseaux le croit au chantier et qu'il vient de me demander une évaluation du temps nécessaire pour repartir. Incrédule, découragé il estime au moins vingt-quatre heures.

– Alors, retournez au chantier en vitesse : votre présence y est certainement indispensable.

De grosses larmes perlent aux bord de ses yeux.

– Merci, dit-il.

Je lui explique que nous ne pouvons pas attendre le lendemain et lui donne rendez-vous à Newport.

Je le regarde partir dans l'escalier. Il saute les marches comme un cabri. À son âge !

*

Tom Grossman a repris le départ vingt-cinq heures après ses « collègues ». Ajoutez-y les onze heures de pénalisation octroyées généreusement par le comité de course pour son manque de rigueur vis-à-vis des spectateurs, et le voilà nanti d'un handicap de star : trente-six heures, un jour et demi !

Kriter VI n'a pas voulu être en reste. Impatient d'en découdre, il a franchi la ligne de départ avec quelques secondes d'avance. Le comité dans sa sagesse va en tenir compte en lui offrant une pénalité de dix heures.

C'est peut-être pour cela qu'il est parti comme un damné par la route la plus courte, l'orthodromie. Il m'appelle en pleine nuit.

– Allô, baron, j'en bave.

C'est un côté grisant quand nos héros montrent un peu de faiblesse. Je prends ma voix SOS-Amitié. Ce n'est pas grave. Ça va se terminer bientôt. Oui, mais lui il a froid et moi j'ai chaud. Il a besoin d'être conforté, consolé. Il s'est blessé à une main et souffre. La blessure ne se ferme pas. Je lui donne des conseils dont il n'a rien à faire. Si la blessure le fait souffrir, c'est parce que l'air est salé. Il en a assez. Il en a marre. Pour lui changer les idées, j'ai l'inconvenance de lui faire remarquer que personne ne l'a obligé à partir. Il s'énerve. J'en rajoute, et lui propose de s'arrêter, mais où ? Là, j'ai gagné ma dose d'injures. Je lui fais remarquer qu'il fait un parcours remarquable et qu'il est repéré par les satellites en troisième position. Il a soudain beaucoup moins mal et me rappellera demain.

Pas de nouvelles directes de *Kriter Lady*, Dame Naomi ne doit pas apprécier mon anglais. Pas de nouvelles, bonnes nouvelles ! Elle marche très bien et très régulièrement.

Kriter VII avale les milles nautiques avec frénésie et remonte la flotte avec entrain.

Kersauson, avant Terre-Neuve, commence à inquiéter très sérieusement ses concurrents. Un grand magazine spécialisé me demande un ektachrome de *Kriter VI* qui va mériter la couverture couleur. Si c'est vrai, il l'a bien mérité, et ça valait le coup de souffrir physiquement. Mais moi, je n'ai pas mérité un tel cadeau. Dans la dernière partie du parcours, les multicoques reprennent le contrôle dans un festival anglo-saxon. Il me restera quand même le maquette de la revue, telle qu'elle ne paraîtra jamais. C'est très séduisant.

Nous voilà repartis pour Newport. Sur le pont qui mène à l'hôtel Sheraton, un superbe policier rêvasse, le regard perdu. Très poliment on lui demande de nous indiquer l'endroit où doit arriver la Transat, il ne connaît pas et ne savait même pas qu'il existait un tel événement. On lui explique de quoi il s'agit, d'où viennent nos héros. Dans ses yeux on peut lire qu'il hésite à nous faire passer un contrôle de nos facultés. Et puis non. Pas de zèle.

On trouve quand même, et vite, parce que c'est écrit sur les murs et sur les panneaux des baraques mobiles où officient les officiels. On a bien jugé et on arrive juste à temps. Le vainqueur a passé la ligne et sera là dans une demi-heure. Pour la première fois, c'est un Américain, et celui que nous aimions, le doyen de la course, Philip Weld, sur son nouveau trimaran *Moxie.* C'est le triomphe des multicoques.

Il accoste dans une cacophonie de trompes et d'ovations. Le très select class America *Courageous* qui part en séance d'entraînement avec son remorqueur passe dignement devant le vainqueur américain, tout l'équipage en uniforme et au garde-à-vous avec son capitaine, le célèbre Ted Turner, pour un triple hourra.

Le ponton d'accueil est vite submergé sous le poids des photographes, journalistes, officiels et amis. L'information n'a pas de pitié et notre jeune premier (de la course) de soixante-cinq ans est arraché des bras de sa femme pour donner sa conférence de presse dans une salle de l'hôtel préparée à cet effet. En attendant qu'elle commence, je passe acheter le journal local à la boutique cadeaux et souvenirs. Il n'y a pas la moindre allusion à la course et aux performances américaines. C'est justement ce qu'un monsieur débordant de fierté est en train d'expliquer à la vendeuse qui mastique inlassablement son chewing-gum, un œil vissé sur une revue de beauté.

– Et voyez-vous, mademoiselle, ce grand marin qui vient de traverser l'Atlantique tout seul, est mon père.

Alors là, je suis consolé. Il n'y a pas que moi pour faire ce qu'on appelle vulgairement un bide.

Pour un festival, c'est plutôt réussi, trois Américains, un Canadien et un Anglais aux cinq premières places. En y joignant le sixième meilleur temps réalisé par le coureur qui ne courait pas, mais qui a très sérieusement failli gagner sans qu'on le sache, on trouve la fine fleur de la course au large. Donc, après Marc Pajot, arrive enfin le premier monocoque.

Philip Weld me fait savoir à l'hôtel qu'il lui serait très agréable que nous allions à la rencontre d'Olivier de Kersauson, et qu'il met à notre disposition son grand trimaran de la Route du Rhum *Rogue Wave*. Accompagnés de l'architecte Dick Newick, plus connu dans le milieu nautique sous le surnom de « Sorcier », nous partons un peu à l'aveuglette.

Quel raffinement sur ce bateau qui, quoique de course, est confortable jusque dans ses moindres coins, et notamment ceux-là que Louis XIV n'aurait pas dédaignés en cas de besoin. Un sourire malicieux plisse les yeux de Weld, qui tient à faire constater à ses visiteurs la plaque de teck percée pour un contact direct.

Des feux nous attirent au loin. Au moteur, Philip Weld met la gomme. Nous nous éloignons et, après un assez long périple, nous arrivons sur un trimaran. Ce n'est pas Kersauson, mais c'est un autre *Kriter*. Stupéfiant, mais c'est Tom Grossman qui, malgré son énorme handicap, va prendre la dixième place. Les bookmakers britanniques avaient bien jugé le champion.

Le lendemain matin, entourés d'une véritable flotte, nous allons récupérer deux brillants monocoques. Daniel Gilard, tout éberlué d'apprendre qu'il est si près du but, et Kersauson, fatigué, déçu par son choix de la route la plus dure.

Dame Naomi James prend sans bruit une vingt-quatrième place, qui en fait la première femme de la course. Il y a eu soixante-douze arrivées (plus une bien sûr), deux hors délais, et dix-huit abandons.

Philip Weld et *Moxie* ont enfin atteint les premières pages des quotidiens, même à New York.

À propos de *Moxie*, Philip Weld a réalisé que le fait d'avoir un sponsor donne au skipper un plus dans son image de champion, puisqu'une marque commerciale investit sur son nom. S'étant souvenu d'un produit énergétique très à la mode autrefois, il a demandé l'autorisation à la firme, acheté onze cents actions de la société à trois dollars et demi l'une, et fait goûter à ses amis un breuvage au sirop amer à base de gentiane noyé dans de la glace pilée arrosée d'eau gazeuse.

La communication n'a pas dû être à la hauteur de l'exploit, puisqu'un mois plus tard les actions étaient cotées à deux dollars cinquante.

*

– Allô, baron ? J'aimerais qu'on parle multicoque.

– Pouce, Olivier. Laissez-moi respirer.

– Baron, il faut viser plus haut, faire du neuf et construire un multicoque totalement repensé.

J'en suis très conscient. Mais il y a des frontières à ne

pas dépasser. Je suis moins néophyte, certes. Mais la définition anglaise du yachting est bien entrée dans ma tête : « C'est un grand trou qu'on fait dans l'eau et dans lequel on jette beaucoup d'argent. »

Ce n'est pas le genre de la maison, on ne jette rien. Donc, on étudiera. J'entends déjà la réponse :

– Creusez donc.

TRANSAT ANGLAISE – OSTAR

PLYMOUTH (UK)/NEWPORT (Rhode Island USA)
environ 3 100 milles, soit 5740 km
Départ 7 juin 1980 – course en solitaire

BATEAU	PAYS	SKIPPER	ARRIVÉE
1. MOXIE	US	Phil Weld	17 j 23 h 12′
2. THREE LEGS OF MAN III	UK	Nick Keig	18 j 6 h 4′
3. JEANS FOSTER	US	Philip Steggal	18 j 6 h 45′
4. OLYMPUS PHOTO	Can	Michael Birch	18 j 7 h 15′
5. CHAUSSETTES OLYMPIA	US	Walter Green	18 j 17 h 29′
6. SPANIEL II	Pol	Kazimierz Jaworski	19 j 13 h 25′
7. CHICA BOBA II	I	Edoardo Austoni	20 j 2 h 30′
8. BRITTANY FERRIES	F	Daniel Gilard	21 j 0 h 9′
9. NIKE II	Tchéc.	Richard Konkolski	21 j 6 h 21′
10. KRITER VII	**US**	**Tom Grossman**	**21 j 8 h 21′**
11. STADT KREFELD	All.	Wolfgang Wanders	21 j 14 h 22′
12. TYFOON VI	Bel.	Gustaaf Versluys	21 j 15 h 1′
13. HYDROFOLIE	F	Alain Labbe	21 j 16 h 41′
14. KRITER VI	**F**	**Olivier de Kersauson**	**21 j 20 h 30′**
15. GUI IV FILA	I	Pierre Sicouri	22 j 2 h 34′
16. BOATFILE	UK	Rob James	22 j 22 h 55′
....			
24. KRITER LADY	**NZ**	**Dame Noami James**	**25 j 19 h 12′**
...			
43. DEMON OF HAMBLE	UK	Angus Primrose	30 j 23 h 8′
...			
72. PYTHEAS II	PB	Burg Veenemans	49 j 8 h 16′

Hors classement : PAUL RICARD (Marc Pajot) : 18 j 13 h 41′
18 abandons et 2 hors délais

Le bateau qui ressemble à un bateau

ALLÔ, baron ? Il n'y a pas de temps à perdre. Il faut vite examiner mes problèmes, ou je vais être obligé de trouver un émir.

Tous les plans sont prêts. Les devis aussi. On est loin du temps pratique des locations ou des copartenariats.

André Boisseaux soupire, hoche la tête. L'effort lui paraît justifié, le projet bien pensé, l'objectif intelligent, les chances réelles, mais la charge budgétaire est trop importante. Il serait déraisonnable de déroger au plafond réservé dans le budget de l'année, ce qui implique qu'on ne peut envisager en même temps la construction de deux prototypes. Or nous avons accepté le plan de trois ans de *Kriter VIII,* le super-monocoque de Michel Malinovsky.

Il faut savoir se sacrifier. Ou il faut reporter à plus tard, ou, si Olivier trouve son « émir », nous n'avons pas le droit de bloquer son destin.

Les bruits se répandent rapidement dans ce milieu très réservé de course au large. On appelle ça Radio-Pontons, laquelle émet vingt-quatre heures sur vingt-quatre. Un coup de téléphone du Canada (!) m'avertit aimablement et avec une joie sadique que Kersauson va changer d'écurie. Ça touche toujours, un coup au foie ! Je pensais quand même que je serais parmi les premiers informés. Ce qui se produit quelques jours plus tard quand Kersauson m'appelle au téléphone :

– Allô, Michel ? C'est moi.

J'ai compris. Je ne suis plus baron. Kersauson va construire un *Kriter IV* amélioré qui portera le nom d'un promoteur immobilier, Jacques Ribourel.

*

La prochaine grande course internationale est une nouveauté. Les Anglais du très respectable Royal Western Yacht Club tentent une expérience. Sur le parcours de leur célèbre Transat en solitaire, de Plymouth à Newport, les bateaux auront une conduite bicéphale.

Sur ce parcours est-ouest, Michel Malinovsky, leader de l'opposition, entend démontrer que les monocoques peuvent tenir la dragée haute aux multi-libellules trimarans, catamarans et praos. Le défi est d'importance car il réglera une question d'école.

Avec la complicité du plus grand des architectes navals André Mauric, passionnément engagé dans ce challenge, va naître une des plus belles réalisations modernes. Au chantier Pouvreau, près de La Rochelle, ouvriers et visiteurs sont à deux doigts de la pâmoison avec des regards langoureux à l'adresse de *Kriter VIII.*

Ce bateau dont on parle à la cantonade comme étant le bastion avancé de la contestation et dont le programme d'essais ne sera pas divulgué, on le découvrira vraiment en course.

Michel Malinovsky et André Mauric y ont conjugué tout

leur savoir et tout leur amour. *Kriter VIII* dans leur esprit se doit d'être l'apogée d'un système obsolète ou la naissance d'un nouveau règne. Vingt-trois mètres de long à six centimètres près, trois mètres quatre-vingt de large, un élégant fuseau bleu marine avec ses bandes blanche et rouge, un mât de vingt-quatre mètres qui n'a rien à envier à celui du catamaran de Marc Pajot, des matériaux sophistiqués, des supports intérieurs en nid-d'abeilles recouverts de vrai bois, comme les vrais bateaux au confort raffiné.

Michel Malinovsky n'est pas dupe, pas plus qu'il n'a les yeux fermés. Il a tant de raisons d'avoir pu constater l'appétit dévorant et la marche triomphale des multicoques.

Si j'en avais un, confie-t-il volontiers, il aurait deux coques, mais en attendant une telle opportunité, j'ai voulu aller le plus loin possible dans la recherche sur une coque et André Mauric n'attendait que cela pour prouver l'éternelle jeunesse de sa pensée.

Malino nous a laissé entendre qu'avec son coéquipier Joël Charpentier, il a déjà atteint en essais autour de l'Espagne des vitesses salivantes et prometteuses. Et puis, et c'est là souvent son grand dada, un monocoque lui semble toujours plus sûr, on peut dormir ou presque. Côté électronique, ce champion qui aime, qui recherche tout ce qui est nouveau, fait un blocage. Les positions qui tombent du ciel, les cartes météo qui se dessinent lui paraissent incongrues, mais, puisqu'il semblerait que tout cela va devenir banal, et même imposé, il faudra donc faire avec.

La presse se passionne pour le face-à-face des techniques de pointe. Que fera le « monomaran » *Kriter VIII* vis-à-vis de l'hydrofoil *Paul Ricard* d'Éric Tabarly ? Michel Malinovsky a eu le privilège d'essayer le trimaran en compagnie de Tabarly, et en a sûrement tiré des conclusions. Une en tout cas, nette et précise. On fatigue moins dans les manœuvres, mais, dans les vents contraires, *Kriter VIII* est puissant. La lutte peut être fascinante.

Du côté anglais, le virus de l'exploit a fait un énorme travail! Un *Kriter Lady II* défendra le pavillon national avec tout ce qu'il faut pour intéresser. D'abord, honneur aux dames: Dame Naomi James, cela va de soi, et une autre dame, Laurel Holland, femme de l'architecte Ron Holland, vont tester un nouveau bateau spectaculaire, un trois-mâts monocoque à wishbone. Un bateau de plus de vingt mètres, s'il vous plaît, engagé dans la classe 1, la course des grands! En quelque sorte, une immense planche à voile qui devrait ensuite être engagée dans la Course autour du Monde avec équipages.

Pas froid aux yeux, ces dames. Lors des premiers essais de ce grand « machin », et plus particulièrement dans le test de qualification elles ont souffert. Mais Robert James est ce qu'il y a de mieux en matière de professeur.

Le bateau est stable, et possède un potentiel de vitesse très convenable. Mais le *Freedom 70* n'a rien d'un bagne ambulant, ni d'un espace spartiate. C'est un bateau de croisière, destiné à la croisière. Il y a des couchettes à en revendre! Huit dans la partie arrière, deux dans la cabine à tribord, et deux lits superposés sous le cockpit à proximité de la descente. Un minimum d'obligations de ménage en quelque sorte.

Les lits superposés ont la préférence, équipés de répétiteurs permettant de lire toutes les informations: cap, vitesse du vent, du bateau, angle du vent apparent. Décodeur météo, navigateur par satellite, table à cartes, déjà installés dans un carré utilisable pour une conférence de presse, c'est la course classe luxe. Ajoutez à cela pilote automatique, régulateur d'allure et panneaux solaires.

Gagnant ou perdant, on ne pourra pas dire que Kriter n'est pas fidèle à sa vocation, son idée fixe de provoquer l'exploit. Sur le plan entraînement, les deux projets sont solidement épaulés. Pour *Kriter VIII*, Michel Malinovsky et son coéquipier Joël Charpentier ont six mille milles à dévorer avant le départ. « Ces » dames de *Kriter Lady II* entretiennent leurs automatismes sous la direction de Robert James et avec l'appui de l'équipage prévu pour le Tour du Monde.

Kriter fait preuve de suite dans les idées et cela commence à payer. Il est de moins en moins rare de trouver dans les colonnes des journaux que tel bateau ou tel coureur est un ex-*Kriter*: ce sera le cas pour la superbe performance de Florence Arthaud et François Boucher qui ont fait du désormais célèbre *Kriter V* un fabuleux *Monsieur Meuble.* On dit fréquemment que le nouveau trimaran de Kersauson est un *Kriter IV* adulte.

Catastrophe sur *Kriter Lady II,* Dame Naomi James hospitalisée d'urgence, l'équipage vedette du sexe dit faible est désuni. Mais à part le désappointement – c'est un homme qui la remplace au pied levé : John Oakley, responsable d'une grande voilerie –, il faut revoir le ravitaillement. L'équipage de charme était végétarien !

*

En fait de charme, celui-ci était quand même rompu et *Kriter Lady II* ramené au rôle d'essayeur de prototype d'usine. Par contre Robert James, sans doute mis en condition optimale par son action professorale, va se révéler le partenaire idéal de Chay Blyth à bord de *Brittany Ferries GB* qui pulvérise le record de la traversée.

Les multicoques ont confirmé leur supériorité et les monocoques, quoique très brillants, commencent à motiver les partisans de l'apartheid qui souhaitent de ne pas les autoriser à participer aux mêmes aventures. Et pourtant leur combat a été passionnant : l'italien *Faram Serenissima* de Bruno Bacillieri et Marc Vallin s'est adjugé une splendide cinquième place devant *Monsieur Meuble* de Florence Arthaud et François Boucher.

Il y a eu beaucoup de casse, beaucoup d'abandons – et pas des moindres – et l'extravagante performance du Canadien Michael Birch et de son partenaire américain Walter Green ramenant leur trimaran transformé en sous-marin.

Faram Serenissima sera à son tour victime du mauvais sort qui le fera couler lors de son retour vers l'Europe.

Kriter VIII n'a pas perdu en vaillance, mais il y a beaucoup de oui-mais. Il faudait reculer ceci, avancer cela, trouver la solution pour corriger son atitude de métronome pendulaire si désagréable.

Il faudra encore deux ans à Malinovsky pour « rater » la prochaine Transat en double de Lorient aux Bermudes et retour, en même temps d'ailleurs que *Quart Kriter Brut de Brut*, le véloce petit trimaran mené avec talent par Sylvie Viant-Vanek et Béatrice Maupas surnommées à l'occasion les « brutes de brutes ».

Après quoi, avec le renfort d'Yvon Fauconnier, Halvard Mabire, Denis Gliksman et la présence à bord du météo Pommereau, *Kriter VIII* sera quand même le premier monocoque à battre le fameux record de Charlie Barr et d'*Atlantic*, de New York au cap Lizzard en douze jours, trois heures et quarante-et-une minutes en l'été 1983..

TRANSAT ANGLAISE – TWOSTAR OBSERVER – EUROPE I

PLYMOUTH (UK)/NEWPORT (Rhode Island USA)
environ 3 100 milles, soit 5 740 km
Départ 6 juin 1981 – course en double

BATEAU	SKIPPER	TYPE	Cl.	TEMPS TOTAL
1. BRITTANY FERRIES GB	Chay Blyth/Rob James	Tri	1	14 j 13 h 0′
2. ELF-AQUITAINE	Marc Pajot/PaulAyasse	Cat	1	15 j 6 h 0′
3. GAULOISES IV	Éric Loiseau/Halvard Mabire	Tri	3	15 j 6 h 5′
4. SEA FALCON	R. Knox Johnston/B. King Harman	Cat	1	15 j 21 h 3′
5. FARAM SERENISSIMA	B. Bacilieri/M. Vallin	Mono	1	16 j 1 h 2′
6. MONSIEUR MEUBLE	F. Arthaud/F. Boucher	Mono	1	16 j 3 h 5′
7. STAR POINT	P. Martinoni/E. Sala	Tri	2	16 j 4 h 5′
8. LESIEUR TOURNESOL	E. Riguidel/J.F. Coste	Tri	2	16 j 5 h 2′
9. CHARLES HEIDSIECK	A. Gabbay/A. Béranger	Mono	1	16 j 5 h 5′
10. BRITTANY FERRIES FR	D. Gilard/Lionel Péan	Tri	3	16 j 7 h 2′
11. KRITER VIII	**M. Malinovsky/J. Charpentier**	**Mono**	**1**	**16 j 8 h 4′**
12. GP PAPIERS PEINTS	G. Pesty/J.P. Griziaux	Tri	3	16 j 23 h 5′
13. CHAUSSETTES KINDY	P. Poupon/C. Capelle	Tri	4	17 j 21 h 3′
14. TUESDAY'S CHILD	W. Luhrs/J. Staneck	Mono	2	18 j 7 h 2′
15. SKYJACK	P. Walwyn/F. Walwyn	Cat	3	18 j 23 h 3′
etc.				

103 au départ
76 classés
soit 27 abandons

TWOSTAR 81
Liste des engagés en classe 1

BATEAU	SKIPPERS	TYPE	PAYS	LONG.
JACQUES RIBOUREL	O. de Kersauson/G. Dijkstra	Tri	F	23,77
KRITER VIII	**M. Malinovsky/J. Charpentier**	**Mono**	**F**	**22,93**
SEA FALCON	R. Knox Johnston/B. King Harman	Cat	UK	21,34
MONSIEUR MEUBLE	F. Arthaud/F. Boucher	Mono	F	21,03
KRITER LADY II	**L. Holland/John Oakley**	**Mono**	**UK**	**20,88**
FARAM SERENISSIMA	B. Bacilieri/M. Vallin	Mono	I	20,19
BRITTANY FERRIES GB	C. Blyth/R. James	Tri	UK	19,96
CHARLES HEIDSIECK III	A. Gabbay/A. Béranger	Mono	F	19,81
ELF	M. Pajot/P. Ayasse	Cat	F	19,29

Oui, mais en temps compensé

AU COURS d'une de ces nombreuses réceptions où l'on rencontre invariablement les mêmes, André Viant me raconte incidemment qu'il va participer à la prochaine course autour du monde de la Whitbread. Il a bien réfléchi, choisi l'architecte universellement apprécié l'Argentin German Frers junior, et le chantier Palmer Johnson aux USA, pour la construction d'un ketch qui devrait être très performant.

Depuis 1974, il m'arrivait bien souvent d'avoir une pensée fugitive pour cette remise officielle des prix de la Whitbread à Mansion House, chez le lord-maire de Londres. André Viant m'avait alors fait part de son allergie chronique au sponsoring, lorsque l'idée d'une éventuelle possibilité de concertation était venue dans le concert de louanges destiné au skipper de *Grand Louis*. Comme le cas n'est pas rare lorsque les idées volent, André Viant me dit tout à coup :

– Tu te souviens de ce que tu m'avais proposé à Londres à la distribution des prix de la Whitbread ?

– Parfaitement. Et je n'ai pas changé d'avis.

– Moi, si.

Mon petit ordinateur de poche ou plutôt de tête se met en route instantanément. Voyons. Le personnage : André Viant est mal connu du public, mais respecté du monde fermé du nautisme. C'est même un maître. C'est aussi un meneur d'hommes. On peut même dire à ce moment-là qu'en France un coureur sur deux a débuté avec lui ou avec Tabarly, mettons un sur trois, puisqu'il y en a bien un tiers qui n'ont pas eu la chance de faire cette expérience. L'homme : dans la vie courante c'est un patron. Entrepreneur de travaux publics, ingénieur, polytechnicien, c'est du béton. Il ne va pas tarder à prendre sa retraite, pour que sa vie ne soit plus qu'une collection de joies. Ces joies qu'il entend partager avec ceux qu'il aime. Viant est un homme de famille : entouré d'enfants, de petits-enfants, admirablement secondé par une femme aussi sensible que sensée. Tout le monde navigue. Il est de notoriété publique que si l'on prétend jouer un rôle de pièce rapportée chez les Viant, il faut d'abord épouser la mer.

C'est ainsi que l'on peut expliquer sa première Whitbread autour du monde qui lui a fait abandonner ses régates, ses grands prix, ses courses en Manche pour l'aventure. Cette aventure, ce tour du monde qu'il a décidé d'offrir à ses proches et aux surdoués qu'il a pu apprécier. Il a déclaré à qui voulait bien l'entendre qu'il engageait sa goélette *Grand Louis* – diminutif de l'un de ses petits-enfants d'ailleurs – dans le seul but de faire participer son équipage familial (femme, filles, gendres, cousins, etc.) à une inoubliable découverte touristique.

Quant au résultat sportif, là était le cadet de ses soucis. Si tel avait été le cas en 1974 pourquoi s'est-il ingénié à me casser la baraque de *Kriter I* avec ses calculs savants et la qualité de ses marins (et de ses marines) ?

Bref, il a laissé passer la deuxième Whitbread, et soudain décide de remettre ça pour la troisième, toujours avec la famille. Je ne pense pas que c'est parce que certains avaient mal vu le paysage, ni oublié leur appareil photo. Raisonnons sérieusement. Si amour, famille et fantaisie sont bien au programme, il n'est pas indispensable de se pencher à ce point sur les techniques modernes, de jongler avec les données mathématiques, de s'inquiéter des handicaps, de prendre les conseils d'un architecte aussi exceptionnel, de construire au Wisconsin près de Milwaukee, de traverser les lacs et rejoindre le Saint-Laurent avant de traverser l'Atlantique. André Viant m'a raconté tout son cinéma, avec son air sympa de Baden-Powell le grand scout, la main posée sur son cœur. Ma conclusion est toute simple. Viant veut gagner le Tour du Monde, j'en suis sûr. Il a prévu quelques individualités en gros bras et en grosses têtes... et il vient, avec sa réponse en forme d'onomatopée, de me laisser entendre que l'Union fait la Force.

Il ne me reste plus qu'à raconter tout cela à André Boisseaux qui ne devrait pas rester insensible à un tel exposé.

*

Chez Palmer Johnson, satisfaction du devoir accompli. Sébastien – encore un petit-fils de Viant, le dernier-né – a donné son nom à la mise à l'eau. Le superbe bateau de course qui va traverser tout un chapelet de lacs familiers aux habitués des problèmes de mots croisés : Michigan, Érié, Ontario, en frôlant les chutes du Niagara. Puis ce sera le majestueux Saint-Laurent, une escale de courtoisie à Montréal avant Québec, où il sera officiellement baptisé en grande pompe de son nom de guerre, avec lequel il défendra la France dans la Course autour du Monde : *Kriter IX*.

C'est la première fois qu'une telle unité s'arrête à Québec. Et c'est un avant-goût, une sorte d'échantillon qui va révolutionner le nautisme dans la belle province : dans trois ans sont déjà programmées la rénovation du Vieux-Port, la parade des bateaux écoles et l'organisation de la première course transatlantique ouest-est de Québec à Saint-Malo.

Kriter IX joue les Gulliver au Yacht Club de Québec. C'est un géant.

Comme il est d'usage en Amérique du Nord, le scénario a fait l'objet de soins particulièrement précis, et de répétitions autant de fois qu'il a été nécessaire pour rôder les automatismes. Le baptême par lui-même n'a pas manqué de goupillon ni d'eau bénite. Monique Boisseaux, la marraine, s'est tirée avec beaucoup d'émotion du piège du discours d'usage, et le parrain Jean Pelletier, maire de Québec, lui a répondu avec l'aisance spirituelle autant qu'éblouissante d'un très grand orateur.

Kriter IX a alors appareillé, quitté le Yacht Club pour remonter triomphalement le Saint-Laurent, accompagné d'une quantité ahurissante de voiliers et de bateaux du club, dans une cacophonie de trompes, de sirènes et de cloches.

La présence en direct de la télévision et des chaînes de radio a provoqué tout naturellement un phénomène de curiosité sur les plaines d'Abraham et les alentours du château Frontenac.

André Viant, hilare et incrédule à la barre de *Kriter IX*, commence ainsi à revoir son jugement sévère sur le sponsoring :

– C'est fou ! Et que serait-ce si j'avais gagné une course ou une étape !

Je l'encourage vivement à essayer... pour voir.

Au Vieux-Port où le public est invité, les pontons flottants s'avèrent rapidement trop faibles et l'on ne compte plus les chaussures mouillées et les bas de pantalons trempés. Un orchestre installé sur une grande estrade est chargé d'une ambiance musicale électrique. Il faut fermer les abords pour contrôler la situation, d'autant plus qu'il est patent que le vin de France ou de Québec doit se consommer avec modération.

Après la fête populaire, le très sélect Yacht Club de Québec reçoit officiels et invités, skippers et équipages, autour d'un buffet colossal et somptueux.

Pour l'avenir de la course « open », Kriter vient d'ouvrir le bal.

*

André Viant m'a communiqué la liste des équipiers. C'est du travail soigné, une sélection de « touristes » compétents, qui, si je l'ai bien compris, n'ont pas été choisis pour gagner mais dans un élan purement convivial. Il n'y a qu'à regarder l'éclat de ses yeux pour être convaincu du contraire. À bord radio neuve, décodeur météo neuf. Check-list du matériel OK. À Portsmouth il n'y aura plus qu'à s'occuper des vivres frais.

Les bateaux des concurrents ne sont plus stockés, comme en 1973, dans le port militaire de Portsmouth mais dans la marina de Gosport, à deux pas de Southampton. C'est moins prestigieux mais plus pratique, plus près des restaurants, des magasins, des pubs, des endroits où l'on danse, où l'on rit.

Il y a de l'ambiance. À tel point que, la veille de notre arrivée, il y a eu contact, close-contact même, entre équipages et supporters français avec le service d'ordre britannique à l'entrée d'un club de rock surchargé. Outrée de ce qu'elle assimile à un acte de xénophobie, une équipière a mordu un policier. Le tribunal des flagrants délits vient de rendre sa sentence dans sa grandeur teintée d'humour british, et la condamne, en plus de l'amende méritée, à rembourser le vaccin antirabique administré à sa victime.

La peinture est jolie, l'uniforme des Kriter donne fière allure à *Sébastien*. Certes. Mais j'éprouve comme une brûlure au foie. J'admets et je défends l'éthique indispensable, je comprends les contraintes imposées à André Viant par ses différentes responsabilités de chef, de président, de champion traditionnel, mais la hauteur des lettres de *Kriter* aurait pu être un peu plus importante sans porter le moindre préjudice aux hommes et aux institutions.

Je ne serai d'ailleurs pas le seul à le regretter, d'autant plus que *Kriter IX* prend un départ-canon en compagnie des supermaxis, avec Sylvie Viant en figure de proue. Heureusement pour l'amour-propre, le bateau bleu à bandes rouge et blanche se voit de loin. Mais faut-il encore connaître le code.

À propos de code, les techniciens se sont acharnés sur le décodeur météo qui a tenu tête, tout comme le récepteur-radio, et *Kriter IX* est parti dans des conditions qui auraient pu être meilleures.

Mais German Frers Junior ne s'est pas trompé dans ses options, André Viant ne s'est pas trompé dans son choix, et Kriter a eu raison d'accorder sa confiance et son aide. *Kriter IX* se promène avec les grands bateaux sophistiqués. La bataille se résume à une confrontation quotidienne entre Alain Gabbay, le Néo-Zélandais Peter Blake, les Anglais de Chay Blyth, le Hollandais Cornelis Van Rietschoten déjà vainqueur de la précédente édition et... André Viant auxquels il faut ajouter un outsider inattendu, *Berge Viking*, un bateau norvégien, doté d'un handicap confortable et d'un skipper champion olympique.

À quelques encablures de Cape Town, la situation est confuse, les positions sujettes à caution puisque basées sur des estimations données par chaque concurrent.

Flyer coupe le premier la ligne d'arrivée à Cape Town, au bout de l'Afrique du Sud. Dans cette course, cela s'appelle avoir les honneurs de la ligne, puisque la Whitbread est jugée en temps compensé, à l'indice de performance pour ceux qui sont plus habitués aux 24 Heures du Mans.

Le vainqueur n'est pas loin. Depuis trois jours les paris vont bon train, Alain Gabbay, *Berge Viking*, *Kriter IX*? Gabbay collectionne les malchances. Pas de vent à dix milles de la ligne, puis un hauban qui casse, enfin l'arrivée triomphale pour deux petites heures, juste le temps nécessaire pour accueillir *Kriter IX* et rendre à César ce qui lui appartient, la première place. César-Viant, que nous ne voyons pas sur le moment, puisqu'il rentre à Paris par le premier avion, déguste intensément l'une des plus grandes réussites de sa vie, et Dieu sait qu'il ne devrait pas montrer autant d'étonnement. Il ne s'y attendait pas. (Tu parles !) Ce n'est pas de sa faute. (Pour ça, c'est bien sûr, comme dirait la mère Denis.) Son équipage a tout fait (pour se faire pardonner d'avoir été choisi).

La gloire médiatique lui tombe dessus, Paris-Match lui consacre son dossier d'ouverture, radios, TV l'attendent dans leurs journaux d'information avec un certain nombre de « oui, mais en temps compensé » alors que c'est là la règle du jeu. Par la même occasion, Kriter s'anoblit, et sa notoriété prend une ascension nouvelle.

À Toulouse, le Centre national d'études spatiales

(CNES) vient de mettre au point son nouveau modèle de balise Argos, plus légère, moins encombrante. Quelle belle expérience à tenter dans les mers australes! Deux exemplaires sont prêts: l'un ira sur *Kriter*, l'autre sur le suisse *Disque d'or III*. Condition formelle: nous ne donnerons jamais les positions de *Kriter* à Pierre Fehlmann et vice versa.

André Viant a bien voulu accepter la balise, mais vraiment pour nous faire plaisir. Il ne réalise pas qu'il va ainsi nous éviter des ulcères à l'estomac.

Il appelle de Cape Town la veille du départ de la deuxième étape.

– Allô! Je t'appelle pour te dire que ton bidule est en état de marche.

– Oui, je le sais.

– Comment le sais-tu?

– Je peux même te donner ta position et la température extérieure.

L'équipage a embarqué comme prévu des âmes neuves et rendu à la vie courante ceux qui devaient revenir à la réalité. Jean-Louis Fabry a mis son sac à bord. Fin tacticien, président de l'UNCL, skipper de *Révolution*, il est considéré par les Anglais comme l'homme de l'année pour ses victoires en Manche. Sa présence est un sacré coup de chapeau pour la course open et le sponsoring, qui sont très loin de sa tasse de thé.

Sylvie Viant-Vanek est rentrée à Paris parce que ses deux enfants la réclament. Un des meilleurs barreurs de *Kriter IX* (c'est l'opinion d'André Viant) va vivre la course à terre grâce au stage que nous lui avons proposé. Elle va rapidement comprendre et découvrir passionnément cet autre côté des épreuves, grâce à la technique nouvelle qui amène à rêver devant une feuille de papier, une carte et des chiffres. Elle apprendra également à marcher de long en large, à poser ses pieds dans des carrés noirs ou blancs, pour lutter contre l'anxiété et l'impatience, dans le plus pur style des nouveaux pères dans les couloirs d'une maternité.

– Mais qu'est-ce qu'ils fabriquent ? Ils devraient être là.

Ils n'y sont pas. Ils sont où le dernier flot les situe, ils souffrent, ils ont très froid. Ça, elle connaît mieux que nous. Pendant toute la traversée du détroit de Bass, comme aux environs des îles Kerguelen, les médecins suisses spécialistes de recherches sportives interprètent à gogo les renseignements mystérieux qui nous tombent du ciel. Heureusement, d'ailleurs, car la radio est muette. La balise nous gave de renseignements qui nous permettent de les suivre, en corrigeant les tracés.

Soudain un appel téléphonique. C'est André Viant, comme si son dernier coup de téléphone ne remontait pas à huit jours.

– Bonjour, vous devez vous faire des cheveux, mais on a peu de temps de loisirs et on ne vous a pas téléphoné. On a eu très froid.

– Je m'en suis aperçu.

– Maintenant, ça va mieux. Nous sommes au sud de l'Australie.

– Objection, Votre Honneur. Vous êtes plutôt à l'ouest de la Tasmanie.

André Viant s'esclaffe, il avait oublié le « bidule ». Jean-Louis Fabry intervient :

– Tu pourras toujours me raconter tes salades et la grandeur de l'aventure. J'en ai marre de la roulette russe.

C'est ainsi qu'il nomme les growlers, blocs de glace qui se détachent des icebergs et sont un danger permanent.

Désormais, pour la fin de l'étape, on se téléphone, c'est

juré. Mais sans doute ont-ils eu trop de loisirs et rien n'est venu si ce n'est une désespérance en haut de la Nouvelle-Zélande, alors que *Kriter IX* qui semblait devoir répéter sa victoire à Auckland, s'avère soudain comme englué.

Sylvie s'arrache les cheveux devant la carte murale constellée de petits drapeaux.

– Mais qu'est-ce qu'ils font à traîner le long de la côte, alors qu'ils devraient s'en écarter. Surtout qu'André le sait et que Jimmy, qui est à bord, l'a noté sur son carnet de bord lors de la dernière Whitbread !

Les flots Argos confirment la route en rase-cailloux, à se demander vraiment si une fringale de pêche aux langoustes n'a pas atteint l'équipage.

Flyer bénéficie à nouveau des honneurs de la ligne et *Kriter*, après un sprint mémorable avec le maxi *FCF-Challenger* prend la quatrième place en temps compensé, et conserve de peu son « maillot jaune » de leader. À l'arrivée, *Kriter IX* est fêté, envahi, investi par les jeunes filles des familles d'accueil néo-zélandaises attirées sans doute par ce bateau rempli de fiancés potentiels.

*

En route pour le cap Horn.

Auckland, après Noël et juste avant le Nouvel An : le départ est somptueux, monumental et rassemble deux fois plus de spectateurs que la plus belle des courses de Formule 1 automobile. Peter Blake, Éric Tabarly, Alain Gabbay et André Viant font du grand spectacle. Et puis chacun s'en va vers sa destinée où le sort et les vents feront la décision.

C'est *Flyer* qui passe le Horn en premier et, dans la foulée, il coupe la ligne d'arrivée à Mar del Plata avec les honneurs de la ligne. C'est un petit bateau de quatorze mètres quatre-vingt-un, *Mor-Bihan,* mis au point dans les deux précédentes étapes par Philippe Poupon, qui s'adjuge l'étape sous le commandement d'Eugène Riguidel. *Mor-Bihan,* c'est un petit clin d'œil qui va donner des idées aux défis des régions et des provinces tentées par le sponsoring. *Kriter,* classé neuvième (option peu payante avant le Horn), cède sa place de leader à Gabbay pour le dernier round.

La victoire finale devant se jouer entre Viant et Gabbay, Sylvie n'a pas pu résister à venir prêter main forte, ce qui nous donnera sans doute l'occasion d'avoir davantage de nouvelles maintenant qu'elle connaît la course et son intérêt du côté pile comme du côté face.

Erreur profonde. Sylvie Viant a rapidement retrouvé ses réflexes de coureur. Tant mieux pour *Kriter IX,* tant pis pour mes espoirs téléphoniques. Le duel Viant-Gabbay va confiner au match-racing, à la course dans la course, pour se terminer en apothéose par un sprint éblouissant où les deux adversaires se retrouveront côte à côte sur le podium.

Mais la première place a été subtilisée par le maxi-monocoque hollandais *Flyer* lequel a réussi une impasse diabolique qui lui a permis de récolter le jackpot, premier en temps réel, premier en temps compensé. Tout cela à cause des talents réunis de son skipper Cornelis Van Rietschoten et de son navigateur français Daniel Wlochovski – vous savez bien celui qui oblige à épeler son nom.

Un coup de canon a salué *Kriter IX* à son passage sur la ligne d'arrivée.

En face, dans le port militaire de Sa Très Gracieuse Majesté, un va-et-vient incessant autant qu'insolite intrigue. Il paraît que la Royal Navy se rend aux îles Malouines pour qu'elles restent Falklands.

WHITBREAD ROUND THE WORLD RACE

1re étape : PORTSMOUTH (UK)/CAPE TOWN (Afrique du Sud)
7 010 milles – départ 29 août 1981
2e étape : CAPE TOWN (Afrique du Sud)/AUCKLAND (N.-Zélande)
7 100 milles – départ 31 octobre 1981
3e étape : AUCKLAND (N-Zélande)/MAR DEL PLATA (Argentine)
6 030 milles – départ 26 décembre 1981
4e étape : MAR DEL PLATA (Argentine)/PORTSMOUTH (UK)
6 150 milles – départ 27 février 1982

1re étape

Temps compensé	Temps réel
1. KRITER IX	1. FLYER
2. CH. HEIDSIECK III	2. CH. HEIDSIECK
3. FLYER	**3.KRITER IX**
4. BERGE VIKING	4.FCF CHALLENGER
5. ALASKA EAGLE	5. ALASKA EAGLE
etc.	etc.

2e étape

Temps compensé	Temps réel
1. CERAMCO NEW ZEALAND	1. FLYER
2. CH. HEIDSIECK III	2. CERAMCO NEW ZEALAND
3. FLYER	3. EUROMARCHE
4. KRITER IX	4. CH. HEIDSIECK III
5. EUROMARCHÉ	**5. KRITER IX**

3e étape

Temps compensé	Temps réel
1. MOR-BIHAN	1. FLYER
2. DISQUE D'OR III	2. CERAMCO NEW ZEALAND
3. XARGO III	3. EUROMARCHÉ
4. OUTWARD BOUND	4. CH. HEIDSIECK III
5. CH. HEIDSIECK III	5. DISQUE D'OR III
...	**6. KRITER IX**
9. KRITER IX	etc.

4e étape

Temps compensé	Temps réel
1. CERAMCO NEW ZEALAND	1. FLYER
2. FLYER	2. CERAMCO NEW ZEALAND
3. KRITER IX	3. CH. HEIDSIECK III
4. CH. HEIDSIECK III	**4. KRITER IX**
5. ALASKA EAGLE	5. EUROMARCHÉ
etc.	etc.

CLASSEMENT FINAL

Temps compensé	Temps réel
1. FLYER	1. FLYER
2. CH. HEIDSIECK III	2. CH. HEIDSIECK III
3. KRITER IX	3. CERAMCO NEW ZEALAND
4. DISQUE D'OR III	**4. KRITER IX**
5. OUTWARD BOUND	5. EUROMARCHÉ
...	...
20. ILGAGOMMA	20. ILGAGOMMA

KRITER IX

Type : monocoque.
Architecte : German Frers.
Longueur : 19,00 mètres.

Équipage

André Viant (skipper)
Marc Vallin
Patrick Doniol
Luc Fréjacques
Finn Johansenn
Yves Pellé
Michel Santander
Patrick Viant
Jean-Louis Fabry (2e étape)
Jocelyn Huet (2e étape)
Yves Parent (3e étape)
Sylvie Viant-Vanek (1re et 4e étapes)
Pascal Viant (1re étape)
Jean Michel Viant (2e et 3e étapes)
Bénédicte Viant (4e étape)
Michel Vanek (2e étape)
Pierre Vallé (4e étape)

Les mères indignes

SYLVIE vous êtes en pleine forme. Il est reconnu que vous êtes capable de commander un bateau aussi difficile que *Kriter IX*. Je tiens ce renseignement d'André Viant. Ne vous est-il jamais venu à l'idée de mener un équipage féminin sur La Rochelle-La Nouvelle-Orléans du mois prochain ?

Sylvie Viant-Vanek montre ses dents blanches dans un grand sourire.

– D'autant plus que sur le même bateau qui vient de vous précéder d'un rien dans la Course autour du Monde un équipage féminin prend le départ et que vous risquez de prouver que vous êtes meilleure que votre père, vos frères et vos cousins. Quant au combat des Amazones, cela devrait plaire.

Sylvie hoche la tête, l'idée ne semble pas lui déplaire. Mais... il y a plein de mais. Le premier mais, c'est qu'elle n'a pas de bateau. Le deuxième mais serait que, même avec un bateau, il lui faudrait des voiles, un budget, mais aussi un équipage. Et pour trouver un équipage de femmes compétitif, il faut du temps. Mais il y a si peu de temps pour sélectionner, obtenir les accords qui collent avec les temps: cinq mille milles à parcourir! Ça fait quand même un grand bout de temps. D'ailleurs ces femmes ont des obligations. Il y a là des fiancées, des mères, des employées. Comment s'y prendre pour être à La Rochelle le 8 mai?

– Sylvie, je ne vous demande pas de m'énumérer tous les oui-mais, mais seulement de me dire ce que vous pensez de l'idée.

Sylvie est une fille raisonnable. Elle se défend contre tout ce qui est évident dans ses yeux brillants, et les muscles de son visage qui tressaillent devant cette suggestion satanique.

On saura très vite ce qui est possible et ce qui ne l'est pas. Le mais-bateau, il n'y en a pas deux: c'est *Kriter IX*, si le propriétaire de *Sébastien* le veut bien. Le mais-budget, ce peut être Kriter, si André Boisseaux estime que l'événement est intéressant et ne dépasse pas les possibilités. Le mais-équipage, c'est l'affaire de Sylvie. Dans le meilleur des cas, elle aura une semaine pour trouver des candidates, y compris un week-end pour les tester et décider.

*

Il était convenu avec André Viant que l'on ferait le point sur l'aventure de *Kriter IX* autour du monde, en toute simplicité, en toute convivialité chez lui, dans la verdure de Rueil. La présence d'un navigateur n'eût pas été inutile pour m'aider à me retrouver dans la multitude des rues nouvelles et de petits chemins qui sillonnent les alentours du château de la Malmaison.

J'éprouve toujours un grand plaisir à découvrir la face cachée de l'iceberg. Je suis servi: mon navigateur, mon globe-trotter, mon grand aventurier aime les fleurs, l'herbe, un grand feu de bois, et les fauteuils confortables.

On s'est installés pour dîner. « On », c'est-à-dire lui, son autre lui, l'indispensable Paulette, sa femme, sa fille Sylvie et moi. On aurait pu gagner la Course autour du Monde... les si ne manquent pas. Si par exemple au nord de la Nouvelle-Zélande, si à l'ouest du cap Horn, si dans la dernière étape...

– Si on arrivait à ce que tu veux me dire...

J'expose le mieux possible le scénario. Il y a deux monocoques presque similaires qui viennent de se distinguer autour du monde. L'occasion unique se présente de les opposer avec deux équipages féminins. Les Américains n'ont jamais vu des compétiteurs du sexe opposé aussi compétents à ce niveau. Pour eux, seuls des hommes expérimentés peuvent conduire et manœuvrer des voiliers aussi sophistiqués. Sylvie en est capable. Il en convient. Mais il a l'intention de revendre le bateau. N'y a-t-il donc pas d'amateurs potentiels aux USA? Sûrement, il en convient aussi. Il faut prêter *Kriter IX* à Sylvie, et Kriter étudiera la possibilité d'assurer les frais de course. Il faut lui donner sa chance.

Sylvie est prête. Elle a fait le tour de ses problèmes et prouvé aussitôt qu'elle est aussi pragmatique que son père. Au café, André Viant conclut qu'il estime la chose possible mais déraisonnable ; Paulette, qui n'est intervenue que chaque fois qu'il était nécessaire, suggère que la nuit porte conseil.

André Viant en me raccompagnant à ma voiture tente d'excuser sa décision. Il y a aussi les assurances !

– Il y a maintenant peu de chances, j'en suis désolé, mais téléphone-moi demain matin : je vais en parler à mon conseil.

Le conseil aimait Sylvie. Merci, Paulette.

*

À Beaune, le problème a été vite résolu. Avec André Boisseaux, c'est oui ou c'est non et très rarement peut-être. C'est donc oui. Le challenge en dehors de toute considération l'amuse et entre totalement dans sa vocation de provocateur d'exploit. La lutte contre la montre pour être prêt lui plaît tout autant que le défi sportif des « marines ».

Côté mise au point du bateau, ça n'a pas traîné. Il faut dire que le clan Viant fonctionne au quart de tour : tout le monde sur le pont ! Et Radio-Pontons a propagé la nouvelle à une vitesse telle qu'elle a traversé l'Atlantique au point de générer une candidature au Québec. Jugez un peu ! Suzanne Michaud, qui souhaitait participer, a pris le premier avion, traversé l'Atlantique à ses frais pour être testée au cours du week-end à La Trinité-sur-Mer et n'est pas retenue. Très sportivement elle accepte la règle du jeu, et reste jusqu'au départ de la course en assistant les mères indignes, entendez par là les concurrentes, qui vont laisser leurs enfants sur le quai à la garde des maris baby-sitters.

À Paris, rue de la Paix, un couturier italien, Ermenegildo Zegna, s'intéresse à l'aventure et propose une tenue sportive, ainsi qu'un mécène pour contact à La Nouvelle-Orléans.

Kriter IX flambant neuf se présente à l'heure dans le bassin de La Rochelle où l'un des grands moments est la présentation sur le port de l'équipage en uniforme au maire de la ville Michel Crépeau, ministre de l'Environnement, accompagné de Son Excellence Evan Galbraith, ambassadeur des États-Unis d'Amérique, qui se prêtent de bonne grâce aux formalités photographiques et télégéniques.

Une équipe de choc qui comprend, outre Sylvie, un dentiste, un médecin, un pharmacien, un géomètre, un biologiste, un mannequin, cinq mères de famille, soit douze marins compétents.

*

Sur les pontons, ça sentait déjà la poudre. Pas tellement anormal à dire vrai puisque, à deux bateaux d'intervalle, l'équipage féminin concurrent préparait le *Charles Heidsieck III* d'Alain Gabbay. Cette nouvelle confrontation ne manquait pas de panache. Là aussi, un bateau difficile nécessitant des bras et de la tête.

Pour la tête, un chef avec tout ce qu'il faut dedans, même des dents si j'ose dire : Claire Marty, digne descendante de Jeanne d'Arc, assistée de gros bras et de filles de la mer, à commencer par la Mouette, la propre femme de Gabbay. Et, bien sûr, une jolie collection de mères indignes n'ayant rien à envier aux « brutes de brutes ».

À côté, j'allais dire et je devrais dire à couple de *Kriter IX*, le *Kriter VIII* de Michel Malinovsky toujours décidé à contester les libellules à deux ou trois pattes, et prêt dès à présent à se faire admirer aux États-Unis.

La municipalité de La Rochelle, parfaitement consciente de l'attrait de la vieille ville, a accepté de grouper les concurrents dans le port et autour de ses célèbres tours. Le spectacle est féerique. La Maison de la Culture, menée par un directeur de talent, Bernard Mounier, a réussi le tour de force de faire venir d'authentiques orchestres de jazz de La Nouvelle-Orléans. Pendant toute la semaine on chante et on danse au rythme New Orleans dans les rues, sur les quais, avec quelques aubades aux alentours de *Charente-Maritime* ou sur le pont des deux équipages féminins.

Il y a du beau monde pour ce long périple de cinq mille milles vers la Louisiane et l'Acadie, de multiples favoris comme tout d'abord *Charente-Maritime* de Pierre Follenfant et Jean-François Fountaine, Marc Pajot et *Elf-Aquitaine*, Olivier de Kersauson et *Jacques Ribourel*, Jean-Yves Terlain et son nouveau *Gautier III*, Philippe Poupon et *Fleury-Michon, Umupro Jardin* avec Fauconnier, *Jet Services* et Patrick Morvan, le prao *Lestra Sport* de Guy Delage et, pour les monocoques, *Kriter VIII* et *Disque d'Or* de Pierre Fehlmann, et bien d'autres encore.

Ce 15 mai, au petit matin du départ, il fait un temps de rêve pour ceux, qui comme moi, aiment le soleil et un souffle d'air. Pour ceux qui vont partir, l'opinion est différente. La sortie des bassins entre les deux tours est une aubaine pour les photographes. Concurrents, amis, familles, vedettes, voiliers, bateaux de pêche, barges, bateaux à rames, à moteur, se succèdent pendant des heures. On a jamais vu avant (et depuis) le port de plaisance des Minimes aussi dégarni. Même les marins d'eau douce se sont risqués à sortir. Sur les bateaux accompagnateurs, bacs, promenades, officiels, on pourrait soutenir un siège tant il y a à boire et à manger. Sur les plus grands, type bateaux-mouches, un orchestre de Louisiane se dépense sans compter. C'est le règne de la clarinette et de la gaieté bon enfant.

À terre, les spectateurs s'agglomèrent sur toute la longueur du parcours que devront effectuer les coureurs jusqu'à la bouée de dégagement, avant que de s'enfuir vers les Amériques. C'est en fait le coup de chapeau au public qui a bien mérité cette marque de respect.

Les « Kriter girls » font un « tabac », mitraillées par les photographes de magazines, et Michel Malinovsky reçoit l'hommage appuyé des inconditionnels de la voile comme-il-faut. Pour *Charente-Maritime* c'est du délire. Il faut dire que la présence de ce catamaran né sur place, subventionné et porté par la ferveur publique, va ouvrir la voie du progrès. Le yachting a fait place aux aventuriers et aux champions de la mer, qui portent les espoirs et l'orgueil de toute une région. Même les Charentais qui n'avaient jamais vu la mer ont cotisé à quelque hauteur que ce soit, en achetant un T-shirt, un mouchoir, un badge, une photo, un crayon. Dans le regard de ces fans, on peut presque découvrir la recherche du petit morceau de bateau auquel ils ont contribué.

Au port de La Pallice le navire de l'Amirauté qui surveille le départ charge les officiels : Mme Edwige Avice, le ministre des Sports, Louis Le Pensec, le ministre de la Mer, Michel Crépeau, ministre de l'Environnement et maire de La Rochelle, Philippe Marchand, président du Conseil général de la Charente-Maritime, le préfet de la Charente-Maritime, le maire de La Nouvelle-Orléans, Michel Dupuy, ambassadeur du Canada, le vainqueur de la Whitbread Cornelis Van Rietschoten, sidéré devant la ferveur des spectateurs et l'indiscipline chronique qui s'installe sur le plan d'eau.

Au niveau aérien, ce n'est pas mal non plus : hélicos, avions de tourisme font des arabesques.

C'est parti ! Dans tous les sens. On a du mal à repérer la bouée libératrice. En radio Olivier de Kersauson persifle :

– J'espère qu'il n'y a pas de prime attribuée à cette bouée de...

Impossible d'entendre la fin de la phrase.

Il y a si peu de vent que les autorités suprêmes ont envie de se dégourdir les jambes. Aussitôt dit, aussitôt exaucé : deux Zodiac sont mis à l'eau, accompagnés de ceux de la sécurité. Il y a vraiment un monde fou à cette bouée, que passe en vainqueur Olivier de Kersauson hilare, qui demande aussitôt par radio quel était le montant de la prime.

Chacun retourne alors à son destin par les îles de Ré,

d'Aix et d'Oléron ou en rejoignant La Rochelle, ravi, bronzé, et éberlué par le spectacle auquel il a assisté.

À Paris, sur le parvis du Trocadéro, le Centre d'information Thomson installé dans sa structure gonflable, sa « bulle », est déjà fonctionnel. Tout ce qui peut aider à l'animation et à la compréhension de la course y est réuni aussi bien pour les curieux que pour les professionnels. Une immense carte y est affichée sur laquelle les bateaux devront figurer à leur place au fur et à mesure des classements. L'espace intérieur a été partagé en deux, dans la proportion un cheval-une alouette, pour officiels, journalistes, animateurs, studio radio, sonorisation des appels en provenance de la mer, salle de presse, bar pour les cas de pépies graves, enregistrement des cassettes, et d'autre part le public qui sera admis à voir et à entendre.

Diverses expériences sont inscrites au programme de ce temple de l'information placé sous l'égide de Thomson et de L'Équipe et l'animation débordante d'Yves Devillers. Entre autres gadgets, des appareils ont été installés sur quelques bateaux témoins pour permettre le transfert instantané d'images fixes en direct de l'Océan au Trocadéro. Des émissions de radio ont été programmées en direct également avec RTL, partenaire privilégié, et ses meneurs de jeu vedettes, comme Max Meynier et ses routiers sympas pour la soirée, et pour la matinée un jeune présentateur dont on dit grand bien, Patrick Sabatier.

Au deux ou troisième matin on apprend par Saint-Lys Radio que *Kriter IX* est en écoute et va pouvoir dialoguer. Présentateur et skipper échangent des banalités sur des thèmes hautement météo, et l'homme de radio a une question qui lui brûle les lèvres.

– Sylvie Viant, je suis un peu débutant en matière maritime, mais vous êtes douze filles à bord de *Kriter IX*. Est-ce qu'il vous arrive de parler des hommes ?

Un rire cristallin du genre glaçon dans cinq volumes d'eau accompagne la réponse.

– Mais nous ne parlons que d'hommes !

Nous apprenons très vite que cette déclaration spontanée a un succès considérable auprès des auditeurs au point de bloquer les standards.

*

Les répondeurs, sur lesquels sont positions, communiqués et résumés des faits du jour, battent tous les records d'appels, les premières photos arrivent et donnent lieu à de joyeux commentaires. Les amis, les parents, les fans, les écoles défilent pour dialoguer avec leur favori.

Un après-midi, un personnage très intéressé écoute Michel Malinovsky qui confie ses problèmes. Ça ne va pas assez vite, c'est trop long. Heureusement qu'Olympe, le grand chef d'un restaurant très à la mode de Montparnasse, lui a confectionné des plats mijotés.

Le personnage rêve les yeux tout éveillés.

– Comme j'aimerais connaître votre aventure, Michel Malinovsky, et profiter de cette sérénité.

– Quand je rentrerai vous n'avez qu'à me téléphoner. Dites-moi simplement votre nom.

– Jean-Loup Chrétien, lui répond le candidat, qui sera le premier Français de l'espace.

Et peu à peu ces rendez-vous de la technique prennent une coloration de parisianisme. On s'y donne rendez-vous. On y papote. On y déjeune. Il devient de bon ton de s'y rencontrer. On écoute les cassettes. Les bruits se multiplient, sonneries de téléphone, appels aux micros, conversations skippers/techniciens, rires, crépitement des machines à écrire, des télex, miaulements d'un nouveau truc, le fax, crachouillement des mauvaises réceptions : on se croirait dans une salle de presse. Au fait, c'est bien étudié pour.

Il y a toujours quelque chose à apprendre, à noter, à téléphoner. Les titulaires de badges accréditifs, dès leur arrivée, consultent les paper-boards de l'entrée qui portent les faits du jour. Au-dessus une simple inscription : MENU. Pendant trois semaines on va vivre au rythme des sueurs froides et des rien à signaler, des péripéties et des coups du sort.

La machine à photos du large fonctionne de temps en temps, juste le temps d'admirer Untel qui se brosse les dents, ou qui se rase de près, et les demoiselles de plus en plus brutes de brutes qui allèchent les amateurs en pastichant une affiche à la mode. Souvenez-vous : « Aujourd'hui j'enlève le haut », suivie deux jours plus tard de « demain j'enlève le bas ».

Pastiche n'est pas imitation, les Kriter girls ont su éviter l'écueil. Mais au rendez-vous qu'elles avaient fixé, la bulle avait fait le plein. On a manqué de sandwiches.

*

Cinq mille milles, c'est très long. Il y a aussi des hauts et des bas au moral. Que les concurrents aient choisi la route du nord ou la route du sud, il se passe quelque chose et, qu'on le veuille ou non, ils se préparent au jugement sans appel dans le conflit mono-multicoques. Les groupes de tête approchent ou touchent Porto-Rico, certains même y rencontreront des pirates. L'organisation a été prudente : comme la course va frôler Cuba, un dossier le plus complet possible a été remis par courtoisie à son ambassadeur à Paris pour que les maladroits potentiels qui empiéteront sur les eaux territoriales, c'est-à-dire à moins de douze milles des côtes, ne soient pas pris pour des boat-people ou des envahisseurs.

Un peu inaperçus au fur et à mesure que se forment les pelotons de candidats au podium, les monocoques des Amazones se tirent une « bourre » hargneuse dans les parages de l'orgueilleux *Kriter VIII*, sur lequel Laurent Cordelle ne peut qu'admirer l'équipage de *Kriter IX* où sa femme n'est pas la moindre à faire marcher le turbo.

Un moment d'émotion quand même à une semaine de l'arrivée, la naissance d'Alberto, premier cyclone de la saison. Mais Alberto ne s'intéresse pas aux courses en mer.

À Gulfport, Mississipi, tout à côté de la plage à la mode de Biloxy, royaume gastronomique du crabe mou et des écrevisses, à quelque cent kilomètres de New Orleans et de son French Quarter, on est prêt à recevoir ces fous qui traversent les océans. Prêts, c'est beaucoup dire d'ailleurs, car aux États-Unis les régates se terminent à 20 heures, comme nous le dira le « marine » en retraite chargé du club local.

En haut lieu du yachting de Louisiane on s'intéresse avec curiosité à ces Français un peu marginaux qui ont besoin de télex pour interroger le ciel et qui affichent jusqu'à deux et trois fois par jour les positions, les vitesses et les températures ainsi que la distance qui sépare les concurrents de l'arrivée. La surprise de ces industriels compétents touche à l'ahurissement devant une démonstration simpliste de l'utilisation d'un décodeur à ultrasons, sorte de petite machine à écrire portable à oreilles, qui branchée sur un numéro du réseau téléphonique normal, sort tous ces renseignements imprimés à une cadence effarante, dès que l'ordinateur de... Toulouse a repéré le demandeur. Le plus drôle d'ailleurs étant que le système Argos réunit, pour les calculs de ses différents problèmes, la NASA (qui est à quelques kilomètres) au CNES* en passant par Washington.

C'est quand même surprenant que les Français utilisent des choses sérieuses pour s'amuser, s'étonne le président de la Banque qui est obligé de constater que les outils qu'il a prêtés sont américains et fabriqués par Texas Instruments.

– Vous n'êtes quand même pas James Bond, sourit-il gentiment.

Il y a des moments dans la vie où le Très-Haut a envie de rire : les ingénieurs français d'Argos ont affecté à l'organisation le code 007 ! Grâce au ciel, nous n'allons pas être surpris par l'arrivée du premier, le catamaran *Charente-Maritime* qui a osé prendre une option qui s'est révélée tellement payante qu'il précède le second, et quel second (!), *Elf-Aquitaine* et l'équipage de Marc Pajot, de trois jours et demi.

Suivi d'un navire de protection de coast guards, le vainqueur coupe la ligne d'arrivée dans une toute petite brise, dans un concert de klaxons, de trompes et de sifflets. La réponse à la question d'école posée en début de ce chapitre est sans ambiguïté possible : catamarans, praos ou trimarans ont monopolisé les places d'honneur. Il faudra attendre le quatorzième arrivant pour voir, comme le diront les officiels américains, un bateau qui ressemble enfin à un bateau : le monocoque *Kriter VIII.*

Les arrivées se multiplient. Malinovsky à 22 heures. Kersauson le suit à 3 heures. Je vais à l'hôtel essayer de dormir un peu.

* Centre national d'études spatiales.

La sonnerie du téléphone me fait bondir. C'est *Kriter IX* au bout du fil. Comment Sylvie Viant a-t-elle pu trouver mon numéro alors qu'elle ne sait théoriquement pas où je suis descendu ? Très gaie, mon capitaine ! Mais il y a un bruit de fond que je n'arrive pas à situer. Ce n'est pas la panique, me rassure Sylvie dans un grand éclat de rire, c'est seulement votre poulailler !

Pour tout vous dire je m'étais quand même inquiété des chances de réussite de la vie en commun de douze femmes de forte personnalité, et je découvrais après trois longues semaines un chahut de pensionnaires. Depuis plusieurs jours, les balises nous ont donné des renseignements fort aimables et, aux dernières nouvelles, Sylvie et sa bande devraient gagner leur pari. Justement, c'est la raison de l'appel téléphonique : « Où sont nos camarades ? » Le nouveau classement n'est pas encore sorti, ni à Paris, ni ici.

– Puisque vous ne voulez pas nous le dire, on se débrouillera. De toute façon nous sommes très près de l'entrée du chenal d'arrivée.

Je lui demande de rappeler un peu plus tard et leur confirme qu'il serait souhaitable qu'elles arrivent en uniforme, c'est à dire le T-shirt et le bermuda du couturier. Sylvie apprécie moyennement.

– OK. On se lavera les dents et on se donnera un coup de peigne. Et vlan la communication est coupée. Je réalise soudain que nous risquons d'être pris de court si elles sont vraiment aussi près de nous. Les classements d'Argos nous arriveront après elles. Branle-bas de combat. Le président de la Banque et ses amis du Yacht Club ne veulent pas rater cette arrivée. Nous disposons de grosses vedettes rapides, et proposons d'aller les attendre au chenal qui mène à Gulfport. Très civils, nos hôtes américains nous ont prévu un superbe buffet à bord. Il fait bon, chaud.

André Viant et Paulette sont là ainsi que Patrick Viant qui a passé la ligne six heures avant *Kriter VIII* avec *Namar*, Michel Malinovsky et Laurent Cordelle. Juste avant d'embarquer, les dernières positions connues nous placent les deux équipages féminins un peu écartés l'un de l'autre dans un secteur de quarante à soixante milles. Le vent est faible, mais il y a quelques heures qu'elles ont été repérées par le satellite. Ce sera donc la surprise du chef. Le temps se couvre, le ciel est noir. Il va tomber *le* grain tropical, le seul de la course d'ailleurs. Dans un déluge opaque, on les découvre tout à coup. Elles semblent être en uniforme, un peu floues comme des bars dans la vague. On les appelle en VHF, André Viant prend le micro.

– Bonjour, Sylvie. C'est André. Je vous rappelle que vous entrez dans un chenal. Ce chenal est mal balisé et vous risquez de vous échouer. Chaque fois que je vous dirai hop, vous virerez sur le bord opposé.

On ne discerne pas, on devine plutôt des formes qui bougent à la manœuvre, on entend un fond sonore et des cris. Panique, énervement? On se trompe. Sylvie répond à son père:

– Ici Sylvie. Bonjour, André. Merci de nous avoir rappelé ce qui est écrit dans les instructions de course. On s'est débrouillées toutes seules sur cinq mille milles, ça pourra encore aller pour les dix derniers.

André Viant médusé laisse tomber :

– Vous avez entendu ce qu'elle a dit ?

On a tous entendu, apprécié la manœuvre et *Kriter IX* est entré dans le port à l'heure du déjeuner, gagnant son match avec ses concurrentes en temps compensé comme en temps réel.

Elles se sont lavé les dents, donné un coup de peigne, ont repassé le bermuda et le T-shirt, et on les a attendues deux heures. Sans doute y avait-il beaucoup de choses à ranger à l'intérieur et André Viant aime très modérément le désordre, surtout sur son bateau.

Elles ont beaucoup plu aux journalistes américains, un peu snobés parce qu'ils attendaient plutôt le genre lanceuses de poids pour mener un voilier aussi grand. Elles se sont pliées de bonne grâce aux exigences de la télévision qui leur a consacré une émission de vingt minutes, et se sont jetées affamées sur de vrais steaks dont elles rêvaient depuis quelque temps. Après quoi, elles se sont précipitées au port pour y recevoir leurs valeureuses concurrentes.

Le mécène promis à Paris existe bien et organise quelques jours plus tard une réception somptueuse dans sa résidence de La Nouvelle-Orléans sur le bord du lac Ponchartrain. Réception exceptionnelle, semblable à celle qui a été donnée paraît-il en l'honneur du bal des Petits lits blancs, deux ans auparavant. Toute la presse magazines et mode s'est déplacée et le film TV est retransmis dans le salon, le jardin et la piscine.

Léger contretemps imprévisible, des travaux nécessitant des sens uniques ont gêné les navigateurs qui ont eu beaucoup de mal à trouver la bonne adresse. Des invités élégants, des robes du soir et des smokings comme dans un film, un personnel stylé, des couverts de vermeil (!) : rien n'est assez beau pour fêter l'équipage de ces beautés de la mer auxquelles se sont joints Michel Malinovsky, les équipiers de *Kriter VIII* et en prime tous ceux qui ont trouvé le chemin.

Les photographes étaient prêts, avaient repéré leurs angles, imaginé leurs sujets. Climat idyllique, musique ambiante, chaleur des buffets, tout était parfait, si le démon n'avait pas soudain possédé certains des navigateurs invités. En l'espace de moins d'une minute les brutes de brutes volaient dans la piscine. Adieu, veaux, vaches, cochons, couvées du fabuliste. Les photos seront pour une autre fois.

LA ROCHELLE/LA NOUVELLE-ORLÉANS

LA ROCHELLE/GULFPORT (MISSISSIPI) – 5 300 milles soit 9 816 km
Départ 15 mai 1982 – 12 h (heure locale) – course en équipage

BATEAU	TYPE	SKIPPER	ARRIVÉE	HEURE TU
1. CHARENTE-MARITIME	Cat	P. Follenfant	8/6	20 h 1′30″
2. ELF-AQUITAINE	Cat	M. Pajot	12/6	5 h 16′ 0″
3. LESTRA SPORT	Prao	G. Delage	12/6	7 h 31′ 0″
4. JET SERVICES	Cat	P. Morvan	13/6	17 h 38′ 0″
5. GAUTHIER III	Tri	J.Y. Terlain	13/6	20 h 28′ 0″
6. LOIS	Tri	H. Mabire	14/6	16 h 48′ 0″
7. UMUPRO JARDIN	Tri	Y. Fauconnier	14/6	17 h 56′ 0″
8. ROYALE	Tri	L. Caradec	15/6	11 h 17′ 0″
9. JAZ	Cat	B. Peyron	15/6	18 h 33′ 0″
10. MAAF ÉPARGNE	Cat	P. English	15/6	21 h 25′ 0″
11. LEJABY RASUREL	Tri	F. Forestier	15/6	22 h 5′ 0″
12. NAMAR	Tri	B. Bacillieri	15/6	22 h 36′ 0″
13. FLEURY-MICHON	Tri	P. Poupon	16/6	0 h 44′ 0″
14. KRITER VIII	**Mono**	**M. Malinovsky**	**16/6**	**4 h 50′ 0″**
15. JACQUES RIBOUREL	Tri	O. de Kersauson	16/6	8 h 25′ 0″
16. FILTRASOL	Tri	T. Caroni	16/6	20 h 9′ 0″
17. KRITER IX	**Mono**	**S. Viant**	**16/6**	**20 h 38′55″**
18. CHARLES HEIDSIECK III	Mono	C. Marty	17/6	3 h 40′45″
19. GIGI	Tri	Y. Gallot Lavallée	17/6	14 h 59′ 0″
20. IMPREVEDIBILE	Tri	P. Fournier	18/6	1 h 42′ 0″
21. GAULOISES III	Mono	E. Loiseau	18/6	12 h 16′ 0″
22. DISQUE D'OR	Mono	P. Fehlmann	18/6	13 h 52′24″
23. GRACIET	Mono	P. Carpentier	20/6	10 h 59′ 0″
24. LAUNET	Mono	A. Petit Étienne	20/6	13 h 33′ 0″
25. COINTREAU FRANCE II	Mono	Kreitmann	22/6	14 h 46′35″
26. TIGNES VAL-CLARET	Mono	P. Bougouin	22/6	18 h 8′45″
27. MAISON PHÉNIX	Mono	Y. Griboval	23/6	3 h 43′ 0″

KRITER IX

Type : monocoque.
Architecte : German Frers.
Longueur : 19 mètres.

Équipage

Sylvie Viant (skipper), 2 enfants.
Dany Delage, femme la plus rapide du monde.
Béatrice Druon, publicitaire, 2 enfants.
Annick Martin, pharmacienne.
Annie Cordelle, 2 enfants.
Brigitte Berthelin, 1 enfant.
Christèle Jullien, architecte.
Nathalie Jullien, météorologiste.
Anne Legall, dentiste.
Annie Levy, médecin.
Béatrice Maupas, mannequin, 2 enfants.
Martine Gahinet.

Le petit qui n'a pas peur des gros

POUR sa deuxième édition la Route du Rhum en solitaire est déjà une classique. Cinquante-deux bateaux de course dans le bassin de Saint-Malo représentent les tendances les plus extrêmes de tout ce qui navigue sur une, deux ou trois coques. Pendant toute la semaine qui a précédé le départ, fixé au 7 novembre, le temps a été suffisamment clément pour que des centaines de milliers de spectateurs puissent admirer pêle-mêle les architectures les plus osées et le vestiges d'un passé qui flotte.

Kriter, fidèle à son objectif, a œuvré pour la technique moderne au service d'une ancienne tradition. Michel Malinovsky s'est ingénié, et le mot est juste à tous les niveaux, pour que *Kriter VIII* soit fin prêt. Il se doit d'enlever la première place des monocoques. Mais en secret il y a beaucoup de partisans qui ne doutent pas, qui espèrent que le grand monocoque, conçu pour être mené par un seul homme, saura triompher des tempêtes, pour démontrer que le plus court chemin est la ligne droite. Et parmi eux Michel Malinovsky.

Le public qui défile le long du bassin Vauban apprécie

la ligne pure, l'élégance du couple Malinovsky et son bateau.

Il est gâté, ce public, par ailleurs. Dans le genre géant, il est même comblé avec *William Saurin* le trimaran de Riguidel avec ses vingt-sept mètres dix, celui de Kersauson et ses vingt-quatre mètres quarante-cinq, le catamaran de Marc Pajot *Elf-Aquitaine, Charente-Maritime,* qui a tout gagné, et au bout du quai n° 1, l'attraction qui attire tous les regards, l'extravagant prao de Guy Delage, *Rosières,* dix-huit mètres vingt-cinq de long pour vingt-quatre mètres cinquante de large, du jamais vu.

Côté mini, la concurrence avoisine les onze mètres et les curieux porteurs de programmes et de revues s'étonnent devant la liste de leurs skippers bardés de références.

Dans le genre super-mini, un trimaran porte le pavillon américain. Il s'appelle *Kriter X.* Primitivement, ce millésime avait été réservé dans nos plans ultraconfidentiels à la première tortue-luth qui traverserait l'Atlantique dans une compétition très sérieuse : la Transat des tortues, de Guyane, où ces animaux préhistoriques pondent leurs œufs, à La Rochelle, où il est fréquent d'en rencontrer des échantillons adultes. Projet hautement scientifique imaginé par Michèle Duron, un jeune conservateur de musée, soucieuse de déceler le parcours de ces nageuses en costume de cuir, des essais préalables ayant fait la preuve qu'elles pouvaient supporter une balise Argos avec des bretelles. La réalisation étant à son point mort, *Kriter X* était démobilisé et le nom sans emploi.

C'est alors que Christian Février, photographe-écrivain-navigateur et le plus célèbre expert en multicoques, m'a signalé la valeur d'un coureur américain des îles Vierges du nom de Jack Petith qui cherchait désespérément une aide modeste. En plus de ses compétences reconnues,

37

Né aux Etats-Unis d'un cerveau argentin, celui du célébrissime architecte German Frers Junior, baptisé à Québec après un long périple par les grands lacs et le Saint-Laurent, *Kriter IX* d'André Viant a fait le tour du monde, gagné l'étape de Cape Town, joué les vedettes, pour finir sur le podium de la Whitbread 81- 82. Il est reparti deux mois après pour La Nouvelle-Orléans avec un équipage totalement féminin, qui a fait merveille avant, pendant et après.

38

39

Le grand bateau dont Kersauson ▷ rêvait porte à nouveau le nom de *Kriter*. C'est *Kriter Brut de Brut,* qui va permettre au corps d'élite des Sapeurs-Pompiers de Paris de vivre une aventure éblouissante.

Quart Kriter Brut de Brut, un petit trimaran qui a fait ses preuves et va de nouveau traverser l'Atlantique aller et retour, avec un équipage de charme : Sylvie Viant et Béatrice Maupas.

Dans les trimarans océaniques, on peut difficilement faire plus petit que *Kriter X*, barré par l'Américain des îles Vierges Jack Petith. Il sera encore plus difficile de faire mieux que lui. Sixième de la Route du Rhum, il laisse loin derrière des concurrents réputés et suréquipés.

Quart Kriter le petit... qui fait presque douze mètres! Une traversée sans histoires et 48 heures d'avance sur la meilleure prévision d'arrivée. Avec Yves Olivaux.

40

41

18
18
KRITER
KRITER
KRITER

43

Revu et corrigé par Philippe Monnet, *Kriter Brut de Brut* s'attaque au Tour du Monde en solitaire. ▷

Kriter Brut de Brut avec les Sapeurs Pompiers de Paris, à Marseille... au Croisic pour un baptême... de Québec à Saint-Malo en course avec les casques prototypes dont c'est le baptême... de l'eau.

44

45

KRITER
KRITER

47

48

Le Tour du Monde en question.

Philippe Monnet resplendissant d'enthousiasme... a reçu des Sapeurs-Pompiers le casque-miracle pour le protéger.

49

Au fait, ça mange quoi, un solitaire ?

50

La solitude ? Ça n'existe pas !... surtout quand on gagne.

51

52 Dans un jaillissement d'écume et un silence feutré, le navire-amiral de « la saga » défend victorieusement nuit et jour l'architecture moderne, sur l'autoroute du Soleil.

CRÉDITS PHOTOGRAPHIQUES : Allain, 25 ; Y. Bersihand, 45, 49 ; Cap Times,12 ; N. Duck, 43, 44 ; P. Fender, 31 ; C. Février, 46 ; P. Holdgate, 32, 33 ; Kriter, 1, 2, 3, 5 (S. Mac Donnel), 6, 7, 8, 9, 10, 13 (E. Mac Quillan), 14, 15, 16, 18, 20, 21, 22, 23, 28, 29, 37, 38, 41, 47, 52 ; Kriter Angleterre, 4 (P. Fender) ; A. Laurent, 35 ; P. Lenormand, 11 ; J. Lorin, 26 ; Neptune Nautisme (De Greef), 27, 36 ; Picot, 50 ; P. Plisson, 42 ; B. Rubinstein, 51 ; G. Rudas, 48 ; Sygma (Kersauson), 17 ; Western Morning News, 30 ; D.R , 39, 40.

Nous remercions pour leur aimable autorisation de reproduction : *Le Figaro Magazine*, article du 13 juin 1981, photo 26 ; *Paris-Match*, couverture du 4 mai 1979, photo 24 et *Neptune Nautisme,* projet de Une, photo 27.

c'était un vrai « local » des Caraïbes. Or, dans le nouveau tracé de la Route du Rhum, il y avait une option à prendre entre la Martinique et la Guadeloupe du côté de la Dominique.

Jack Petith était propriétaire de son bateau, *Naga,* sa maison de course comme il l'appelait avec tendresse puisqu'il l'habitait quand il ne naviguait pas. Il était doté d'un palmarès étonnant: six victoires sur sept courses américaines de premier plan. Comme je lui demandais ses prévisions de classement éventuel, il répondit sans la moindre hésitation que toutes classes confondues sa place ne dépasserait pas la dixième position, malgré les différences de taille.

Il n'avait pas de radio, il allait en avoir une. Tout ce qu'il demandait était raisonnable et nous nous acheminions vers un accord, lorsque tout l'édifice a failli s'écrouler pour une question de peinture. Transformer *Naga* en *Kriter X,* passe encore, avec son faux air de tortue, mais le peindre en bleu, jamais ! Patiemment, il a essayé de m'expliquer des raisons de poids supplémentaires, de ponçage, de glisse. Difficile de résister à un petit bonhomme moustachu, style Tintin aux îles Vierges, qui a accepté finalement la présence des barres tricolores sur les deux flotteurs.

Kriter X et *Kriter VIII,* Laurel et Hardy en quelque sorte, vont dignement pérenniser l'écurie dans cette course internationale à laquelle Thomson, RTL et L'Équipe apportent un soutien logistique incomparable. Comme dans La Rochelle-La Nouvelle-Orléans, une nouvelle « bulle » Thomson rassemble toutes les informations et reçoit la presse, les amis, les familles et les curieux. Yves Devillers, qui l'anime, a obtenu un emplacement de rêve, au pied même de la tour Montparnasse.

*

Les prévisions apocalyptiques de la météo au briefing de la veille du départ s'étaient avérées plus raisonnables à l'heure H sous un ciel gris. Un bon zeff gaillard dans le genre force 5 qui ne demandait qu'à forcir.

L'embouteillage était de rigueur. Dans la ville, sur les routes et sur l'eau. Au cap Fréhel, première marque de parcours et dernière avant la Martinique, les vestes de mer et les cirés jaunes étaient tellement rapprochés qu'au loin on croyait voir des champs de genêts à l'infini.

C'était une belle journée dynamique et vivifiante.

Au coup de canon, dans un jaillissement d'écume, l'assourdissement des cornes de brume, la vie sur le plan d'eau avait rapidement pris des airs anarchiques. Des bateaux de tout genre, des ferries à la périssoire, s'agitaient à la rencontre ou à la poursuite des solitaires qui avaient mis le « turbo » pour empocher l'honneur, la gloire et la prime dévolus au premier à atteindre le paquebot-ferry *Quiberon* de la Brittany Ferries. Précédé de deux vedettes rapides qui ouvraient la route, Marc Pajot sur son catamaran *Elf-Aquitaine* laissait l'Anglais Robert James (le mari de *Kriter Lady*) à quarante secondes.

L'euphorie ne durait pas longtemps. Les radios avaient déjà divulgué la nouvelle. À bord de *Quiberon*, sponsors, amis et proches de Guy Delage étaient atterrés, *Rosières*, la fantastique vision de demain, l'araignée des mers, s'était retournée par suite d'une fausse manœuvre, cinq minutes après le départ officiel. C'était une catastrophe et la mise en sommeil pour de longues années de ce type de bateau inspiré des pirogues polynésiennes.

Et quand la loi des séries se met en route, il n'y a plus qu'à courber la tête et à constater. Florence Arthaud que nous avions vu frôler le trimaran d'Olivier de Kersauson, rentrait à Saint-Malo pour avarie de grand-voile, le prototype Edon il se faisait aborder par un bateau spectateur à Fréhel. Le vent passait à la vitesse supérieure et les suiveurs commençaient à penser à rentrer à la maison... Ils allaient y penser d'ailleurs si sérieusement – ce n'est pas le mot qui convient – que quelque cinquante fusées de détresse seraient tirées par des skippers amateurs éclairés (à la bougie sans doute) qui craignaient de rater... leur train de retour à Saint-Malo.

La dépression est contagieuse, le gros temps s'est jeté sur les concurrents. On entend grogner en sourdine sur les pontons et dans les bars de la rue de la Soif. Comment peut-on laisser partir des marins dans de telles conditions ! Ce sont d'ailleurs les mêmes qui récriminaient lors d'un départ sans vent. Sur certaines ondes, le ton monte à un diapason de tragédie antique. À l'écoute des bateaux de tête, la chanson n'est pas la même. Marc Pajot et Robert James foncent vers un calme qu'ils n'attendent pas. À quelques milles derrière, *Gautier III* mène la danse avec un Jean-Yves Terlain rénové et battant. À l'aube, Éric Tabarly doit s'arrêter à Camaret et *Paul Ricard* ne repartira que douze heures plus tard.

Au premier classement officiel après vingt-six heures de course, Argos distille son jugement électronique, basé sur la distance des bateaux en ligne droite de la Martinique, premier passage obligé avant la Guadeloupe. *Gautier III* a pris la tête devant le petit trimaran d'Éric Loizeau, *Gauloises IV*. Troisième : *Kriter VIII*, tiens, tiens. La galerie des éclopés prend de l'importance à chaque fréquence-radio. Au deuxième jour de course, les cassettes enregistrées, grâce au partenariat de Saint-Lys Radio et de Thomson, sont un vrai trésor de guerre. Trésor qui va s'enrichir aussitôt d'une confession de lassitude de Marc Pajot, suivie aussitôt du reportage désabusé de Jean-Yves Terlain lequel, bien qu'installé largement en tête, ne pourra continuer sans son mât qui vient de s'abattre sur *Gautier III.* Robert James est classé en tête devant *Gauloises IV* et *Elf-Aquitaine. Kriter VIII,* leader des monocoques, est en sixième position.

Quatrième jour. C'est quand même beau la science puisque, grâce aux révolutions des satellites et aux interprétations des données, on peut désormais débattre des positions et déceler des écarts infimes de un à cinq milles avec des sensations de joueurs d'échecs. Aujourd'hui, c'est fête à *Elf-Aquitaine* qui mène devant Robert James et *Gauloises IV.* En neuvième place... *Kriter X.*

Le cinquième jour coïncide avec le 11 novembre, jour férié en France, et foule à la bulle. L'Évangile donne à fond avec « les premiers seront les derniers ».

La course prend des airs de jeu de quilles. Daniel Gilard, François Boucher, Thierry Caroni, Éric Tabarly rentrent. Olivier Moussy fait un détour par l'Espagne. Michael Birch s'est blessé et se soigne... par téléphone avec son médecin.

D'Angleterre, dame Naomi James informe le PC course que son mari, sur lequel la déveine s'est acharnée, ne peut plus réparer et retourne à vitesse réduite. Chay Blyth s'est détourné vers La Corogne, Alain Labbé jette l'éponge. Au classement venu du ciel les choses sont limpides : premier, *Gauloises IV*; deuxième, Knox-Johnston qui a précisé lors de la dernière fréquence qu'il était écossais; troisième, *Kriter VIII*; quatrième, *Elf-Aquitaine* et sixième, *Kriter X.*

L'infirmerie affiche complet. Pierre Follenfant répare au large du Portugal, Loïc Peyron idem, Alain Gabbay prévoit une escale aux Açores, Jean-Claude Parisis navigue sans pilote automatique. Au tableau d'honneur du jour : premier, *Gauloises*; deuxième, *Elf-Aquitaine*; troisième,

Olympus III (l'écossais) ; quatrième, *Kriter VIII*; cinquième, *Fleury Michon* (Philippe Poupon) et sixième, *Kriter X.*

Le lendemain, fin de la première semaine de course : un samedi tout à fait désigné pour clôturer le bilan du « où en est-on ? ». Du côté british, Chay Blyth renonce et Robin Knox-Johnston se dirige sur Madère. *Charente-Maritime* en fait autant. *Côte basque* (Didier Munduteguy) abandonne. Bruno Peyron, Klaus Schrodt, Florence Arthaud, Kersauson, Yves Le Cornec souffrent mais tiennent bon. *Gauloises IV* mène toujours la danse devant *Kriter VIII* et *Kriter X.*

Premier dimanche. La liste des problèmes définitifs comptera encore six concurrents, dont *Jet Services* (Patrick Morvan). Il y a foule à la « bulle », les répondeurs téléphoniques, qui diffusent vingt-quatre heures sur vingt-quatre les informations, sont complètement débordés d'appels. Visiteurs de marque, célébrités, artistes, coureurs, grands patrons, journalistes de toutes disciplines se croisent, se rencontrent, c'est le dernier salon où l'on cause. Au-dehors, dans le Paris embouteillé à souhait, les voitures officielles siglées Route du Rhum contribuent à la notoriété de l'événement. Les fans de Malinovsky se relaient pour être là quand il appelle. Le jugement qui vient d'en haut (il a traversé l'espace) confirme sa troisième place dans le classement nouveau (ça vient de sortir) derrière l'inévitable *Gauloises IV*, *Elf-Aquitaine* et devant... *Kriter X.*

*

Après toutes ces émotions nous voilà donc prêts pour une deuxième semaine vraisemblablement plus calme où les bobos vont se calmer et la course prendre un rythme plus équilibré, avec l'apparition des concurrents qui ont su faire le gros dos et laisser passer l'orage. *Elf-Aquitaine* en profite aussitôt pour s'installer en tête. Le train-train nous guette, semble-t-il. Pas longtemps cependant: Marc Linski, skipper d'un monocoque (*Pantashop*), au large des Açores vient de faire savoir à Saint-Lys Radio qu'il a mal au ventre et s'est diagnostiqué une crise d'appendicite. Le médecin de service du SAMU de Toulouse confirme son jugement après exposé des symptômes et recommande son évacuation immédiate. Le problème sera résolu en moins de huit heures grâce à la parfaite harmonisation entre le CROSS-A (Centre régional opérationnel de surveillance et de sauvetage pour l'Atlantique), le ministère de la Mer, les autorité portuaires, Saint-Lys Radio, la bulle Thomson et les amis personnels du coureur. Marc Linski, situé par Argos, repéré par l'aviation, récupéré par un navire de la Marine portugaise qui lui amène un équipage de secours pour sauver le bateau, est opéré quatre heures plus tard. La sécurité a fait très fort. La communication et les balises ont démontré qu'elles étaient indispensables.

Après ces émotions, les moyennes augmentent. Les fréquences décalées de Saint-Lys Radio apportent à la course open une multitude de services. Il ne sera plus jamais possible de se dispenser d'un tel outil dans les grandes courses océaniques. En dehors de l'information qu'elle distribue à profusion, son assistance à la sécurité, elle permet d'analyser des observations météo et d'améliorer les rapports humains. Cela se chante par ailleurs: la solitude, ça n'existe pas.

Marc Pajot et Éric Loizeau continuent à dominer le problème, et l'on commence à voir de gros clients pointer leur nez et leur étrave dans le classement quotidien. Tout particulièrement Bruno Peyron, Yvon Fauconnier, Philippe Poupon et Olivier de Kersauson avec, cela va de soi, l'éternel Canadien Michael Birch qui joue les locomotives, et les deux *Kriter* qui font preuve de suite dans les idées.

En fait de suite dans les idées, le relevé des balises Argos comporte les deux lettres fatidiques de détresse du plus petit concurrent, le trimaran de l'Australien Johnston. On attend avec fébrilité le prochain passage du satellite. Après quoi, si l'anomalie se reproduit, il faudra à nouveau mettre en route toute la logistique sous la direction du CROSS-A dont le chef était justement en train de rendre visite à la bulle Thomson. Confirmation vers 19 heures et, sous la conduite experte d'Yves Devillers et du navigateur Daniel Wlochovski, la presse angoissée, médusée, va assister pendant huit longues heures à un dialogue radio avec le concurrent le plus proche, Olivier Moussy, qui se dirige au milieu de l'Atlantique pour retrouver, si l'on peut dire, une aiguille dans un tas de foin. L'émotion atteint son point d'orgue dans la nuit quand, en direct, on entend à Montparnasse le skipper de *Sharp Vidéo* annoncer : « Je le vois » sous un concert d'applaudissements. Le reste n'étant plus que compétence, courage, adresse et chance.

Devant, ça va vite. On applaudit d'abord, puis chacun raconte sa vie, ses problèmes, on parle réparations, on cause chiffons, on compare en nœuds, *Kriter VIII* est septième, *Kriter X* s'est glissé en cinquième position.

Devant l'imminence du passage en Martinique et de l'arrivée, il est grand temps pour la presse, les animateurs et les officiels de traverser l'Atlantique. Dans le Boeing d'Air-France une communication radio avec Marc Pajot apprend aux journalistes qu'*Elf-Aquitaine* a de graves problèmes de structure et que par précaution le canot de survie est prêt à fonctionner. Consternation, mais comme la vie continue, on commence à remarquer la présence toute proche de Michael Birch et de Bruno Peyron prêts à recueillir la succession.

Tous les fanatiques de voile savent que le ciel aime les navigateurs. Personne ne s'étonnera donc de voir Pajot virer le premier la bouée de la Martinique et s'arrêter dans la baie des Flamants pour consolider la fissure de la poutre centrale de son catamaran avec l'aide (autorisée) de son équipe technique.

Un rapide baiser à sa femme Corinne et à sa fille Julie, et Marc Pajot reprend la route trente-cinq minutes après – un arrêt au stand comme on dirait en F1.

En dix-huit jours, une heure et trente-huit minutes, Marc Pajot établit un nouveau record, suivi dix heures plus tard par Bruno Peyron, Michael Birch, Éric Loizeau, Alain Gabbay et *Kriter X*, Malinovsky et *Kriter VIII* qui s'adjuge, en dixième position, la victoire en monocoque, ratant de peu la huitième place derrière Kersauson.

Trente et un arrivants classés dans les délais, vingt-deux abandons.

Jack Petith m'avait bien dit qu'il terminerait dans les dix premiers. Il avait oublié de me prévenir que *Kriter VIII* et *Kriter X* auraient figuré constamment dans cette élite.

Quant à *Kriter VIII*, il a magistralement exécuté le chant du cygne des grand monocoques.

ROUTE DU RHUM

SAINT MALO/POINTE-À-PITRE – 4 000 milles soit 7 456 km
Départ 7 novembre 1982 – 12 h TU

BATEAU	SKIPPER	TEMPS TOTAL
1. ELF-AQUITAINE	Marc Pajot	18 j 1 h 38′ 0″
2. JAZ	Bruno Peyron	18 j 11 h 46′22″
3. VITAL	Mike Birch	18 j 13 h 44′06″
4. GAULOISES IV	Éric Loizeau	19 j 0 h 27′26″
5. CHARLES HEIDSIECK	Alain Gabbay	19 j 0 h 41′ 0″
6. KRITER X	**Jack Petith**	**19 j 6 h 45′ 1″**
7. JACQUES RIBOUREL	Olivier de Kersauson	19 j 12 h 59′10″
8. UMUPRO JARDIN	Yvon Fauconnier	19 j 15 h 16′51″
9. FLEURY-MICHON	Philippe Poupon	19 j 15 h 55′56″
10. KRITER VIII	**Michel Malinovsky**	**19 j 16 h 15′38″**
11. TÉLÉGRAMME DE BREST	Yves Le Cornec	19 j 18 h 57′22″
12. ROYALE	Loïc Caradec	20 j 11 h 9′ 8″
13. CGA	Y. Gallot-Lavallée	20 j 12 h 59′ 5″
14. OLYMPUS III	R. Knox-Johnston	20 j 20 h 19′50″
15. SHARP VIDÉO	Olivier Moussy	20 j 21 h 23′49″
16. LEJABY RASUREL	F. Forestier	21 j 16 h 7′27″
17. LA BAULE TELETOTA	Loïc Peyron	21 j 20 h 55′32″
18. WILLIAM SAURIN	Eugène Riguidel	22 j 1 h 28′11″
19. CHARENTE-MARITIME	P. Follenfant	22 j 2 h 36′10″
20. BIOTHERM II	Florence Arthaud	22 j 5 h 36′49″
etc.		

KRITER VIII

Skipper : Michel Malinovsky
Type : monocoque
Architecte : André Mauric
Longueur : 22,94 mètres
Largeur : 3,80 mètres
Déplacement : 15 tonnes
Surface de voilure : 200 m^2

KRITER X

Skipper : Jack Petith
Type : trimaran
Architecte : Dick Newick
Longueur : 11,55 mètres
Largeur : 8,10 mètres
Déplacement : 2,7 tonnes
Surface de voilure : 70 m^2

Parés à virer? Oui, chef ! Quel chef?

La réceptionniste me téléphone. Elle a devant elle deux messieurs qui voudraient des renseignements sur le sponsoring. Non, ils n'ont pas pris rendez-vous, mais ils promettent qu'ils n'en ont pas pour longtemps. Oui, éventuellement ils peuvent revenir, mais c'est assez compliqué parce qu'ils sont militaires.

Des renseignements ! J'en suis à ma trois cent et quelque nième thèse d'étudiants studieux sur ce sujet, je ne compte plus les marins velléitaires qui n'ont pas trouvé de sponsor alors qu'ils n'ont besoin que de quelques dizaines de millions... mais qu'ils ne sont pas Tabarly. Ce dont je suis conscient. Mais il faut toujours faire face si l'on veut trouver le mouton à cinq pattes. La surprise du chef, ça se mérite.

Pour une surprise, c'est une surprise. Mes militaires ont les cheveux courts, l'air décidé, l'aspect athlétique. Je n'ai pas affaire à de jeunes gens velléitaires, mais à la taille au-dessus, rompus à la discipline et au commandement. L'un est capitaine, l'autre lieutenant. Ils font partie du corps le plus apprécié et le plus aimé des Parisiens dans les sondages annuels, avec un pourcentage supérieur à celui que l'on découvre à chaque consultation populaire dans les pays totalitaires : 98 % des sondés, en effet, apprécient les Sapeurs-Pompiers de Paris.

Ce ne sont pas des quémandeurs. Ils ont tout pensé, préparé, sélectionné, ils ont tâté des sponsors potentiels pour qu'un équipage de pompiers participe à la première course entre l'Amérique du Nord et la France qui partira de Québec pour Saint-Malo. Ils viennent simplement demander conseil. Ils bénéficieront sans aucun doute de beaucoup d'assistances, il leur manque encore environ deux cent cinquante mille francs, et ils cherchent à déterminer ce qu'ils peuvent vendre, et à quelle sorte d'industrie.

Je leur demande tout d'abord de me dire avec quel bateau ils envisagent de faire cette expérience. Ils se regardent et sourient. Ils n'ont pas de bateau. Ils n'ont pas encore pris de décision à ce sujet, puisqu'ils ne sont pas suffisamment riches pour disposer d'un prototype compétitif.

Me voilà alors parti dans une analyse rapide. Et, pour commencer, j'attire leur attention sur le fait qu'il n'est pas plus facile que difficile d'élever la barre de leurs ambitions. La valeur du corps auquel ils appartiennent, la réputation des gymnastes des Sapeurs-Pompiers, la notoriété de la forme physique exigée à tous les niveaux de ces soldats qui dépendent du Génie rendent indispensable le choix d'une embarcation crédible. Pas obligatoirement un super-missile, mais en aucun cas un fer à repasser. Il y a une image de marque à soutenir.

Bref, tout en parlant j'essaie de mon mieux de leur accumuler des motifs susceptibles d'intéresser un sponsor.

Les arguments qui me viennent en chaîne à l'esprit sont

percutants. Le capitaine Bersihand et le lieutenant Guillon sont emballés devant la voie qui semble s'être ouverte devant eux. Je pense intérieurement avoir été particulièrement persuasif. D'ailleurs il y a quelqu'un qui ne résiste pas devant ce flot de bonnes raisons : c'est moi.

Bien, il n'y a pas de bateau mais il y a déjà un équipage composé d'un sapeur, moniteur de voile, d'un sergent, de deux officiers, et d'un colonel, tous des pratiquants. Quant au skipper, il a déjà participé à la Round Britain Race, au Fastnet, et à la sélection aux championnats du monde de Half Tonner. Son grade ? caporal-chef !

Sur le plan « live » c'est bien parti ! J'évite de poser des questions stupides : il me paraît évident qu'ils savent monter au mât, pratiquer les échelles. Nager ? J'ai pas osé. Équilibre, arts martiaux, secourisme, premiers soins, ils savent tout faire. Le capitaine Bersihand m'explique que dans la vie courante les pompiers sont appelés en toutes occasions parce qu'ils donnent confiance. Il leur faut parfois s'adapter aux circonstances et mettre la main à la pâte. Lui, par exemple, est intervenu à plusieurs reprises à Champigny dans un camp de gitans, et il est détenteur du record d'accouchements de la brigade (six dont deux jumeaux). Ça ne devrait pas être utile à bord, mais pourquoi pas aux escales ?

Le bateau ? À la réflexion, ça me travaille et j'ai des idées là-dessus. En attendant, chacun va penser aux solutions et l'on se reverra pour les examiner.

Dans la soirée, ils m'appellent au téléphone. Ils ont rendu compte à leur colonel de leur démarche, et celui-ci souhaiterait me rencontrer à la caserne Masséna. Après-demain, par exemple, au mess pour déjeuner.

J'ai trouvé le bateau idéal. C'est le *Kriter IV* adulte, le *Jacques Ribourel* d'Olivier de Kersauson. Un grand trimaran qui a un nom, qui fait de l'effet, qui est rapide. Son nouveau propriétaire cherche à le louer. Ce n'est pas l'*Exocet*, mais il convient parfaitement. Il est un peu de la famille.

Et si j'expliquais tout le bien que je pense de cette opération de relations publiques ? André Boisseaux hoche la tête.

– Alors, on y va. Mais c'est bien pour vous faire plaisir.

*

À peine rentré de Beaune, j'organise une petite réunion informelle dans mon bureau avant que d'aller goûter la cuisine du colonel.

– Je vous ai trouvé un bateau.

Bersihand et Guillon accusent le coup. Ils ne peuvent qu'être admiratifs d'apprendre qu'il s'agit d'un des plus grands multicoques du monde. C'est évidemment tout un entraînement à subir, des réflexes qui ne sont pas innés, mais, surtout, c'est sûrement au-dessus de leurs moyens.

– Je vous ai trouvé un sponsor... si toutefois vous pouvez vous entendre avec lui.

« Est-ce que le sponsor sait qu'on ne gagnera pas ? » « Qu'est-ce qu'il attend de nous ? » Les questions fusent. Lorsque je leur dévoile pour qui ils auront à se battre, leurs visages s'éclairent d'un sourire incrédule. Les militaires ont si peu l'habitude de croire au père Noël !

Le reste va aller très vite. Le déjeuner avec le colonel Calvez me fait découvrir l'équipier le plus fanatique, mais en même temps un cerveau bien programmé. Maintenant il tient le projet qui mérite d'être présenté et soumis au général. L'équipage est reçu à Beaune dans le nouveau cadre de l'usine d'embouteillage que les usagers de l'autoroute du Soleil admirent avec ses jeux d'eau et son calme environnement. Après le discours d'accueil d'André Boisseaux et la réponse d'André Calvez, le courant est passé.

Entre-temps, sous le commandement de Patrice Carpentier, le bateau vient de gagner la Transmed, difficile épreuve en Méditerranée, et le nouvel équipage va en prendre livraison à La Grande-Motte, déchaînant la solidarité des pompiers de l'Hérault, puis des marins-pompiers de Marseille qui vont s'investir pour la remise en état, suivis de ceux du canton de Port-Grimaud pour l'électronique, et de Saint-Tropez.

L'entraînement va aussitôt commencer sous la férule d'un professionnel, Pascal Marty, en remontant le bateau par la mer jusqu'à La Baule où l'attend son baptême. Auparavant, au large de l'Espagne, commencent les grands frissons des vitesses auxquelles il va falloir s'habituer. Une escale à Marbella, une autre au Portugal, à Lisbonne, où n'existe pas de ponton « étudié pour ». Les candidats timides prennent du poids, du bronzage et des espoirs un peu insensés.

On s'enhardit peu à peu, on traverse la Manche pour flirter avec un départ de VRAIE course : la Transat en solitaire. On se paie une tempête, un week-end à Arcachon, et l'aventure prend corps avec l'Atlantique droit devant jusqu'au Saint-Laurent.

Droit devant, ça passe d'abord par La Rochelle où il faut aménager le bateau, poser le radar, l'appareillage radio et les instruments de navigation et puis, quand tout est fini, ciao ! À bientôt. Il y a des tas de mots qui ne sont pas très indiqués auxquels s'ajoutent de nouveaux mots que l'on devrait répertorier pour conjurer les mauvais sorts...

Cinq heures plus tard, *Kriter Brut de Brut*, trimaran bleu marine à bandes blanche et rouge, revient accompagné des pompiers de La Rochelle. Entre Ré et Oléron, les deux îles de rêve de l'Atlantique, le trimaran a heurté une épave. Le puits de dérive s'est ouvert, l'eau s'est engouffrée dans la cabine. Sans l'appui immédiat des motos-pompes d'épuisement, des hélicos de la Sécurité civile pilotés par des... pompiers de Paris, informés par un pêcheur amateur qui passait fortuitement par là, c'en était fini de la belle aventure. Et pourtant, le bon Dieu, dans sa miséricorde, a bien choisi son vacancier, Yves Pélissier, un journaliste de FR3 local.

Démoralisés par cette « fortune de mer » qui risque d'empêcher la qualification de l'équipage sur le parcours La Rochelle-Saint-Pierre-et-Miquelon, nos apprentis-champions éprouvent un moment de flottement dans leur objectif. La solidarité des soldats du feu et des gens de mer va rapidement remettre le moral en place.

Huit jours plus tard, *Kriter Brut de Brut* requinqué, flambant neuf, regagne la haute mer pour un voyage de croisière de quatorze jours pour Saint-Pierre, suivi de la remontée du Saint-Laurent, dont les flots montent et descendent au gré des marées, tout comme les vents capricieux.

Voilà *Kriter Brut de Brut* dans les temps, en place dans le port pour le grand départ, les membres de son équipage accueillis une fois encore par une famille québécoise aux petits soins : les pompiers de Québec. Accueillis, le mot est faible : reçus dans leur intimité et invités à passer le temps qu'il faudra dans les chambres confortables d'une grande maison surmontée par courtoisie d'un drapeau français, une voiture à leur disposition, conviés à des parties de pêche sur les lacs de la Belle Province, guidés dans la découverte du vieux Québec, le tout entrecoupé de sorties sur l'eau pour faire participer amis, journalistes, TV, radio et l'équipe de vidéo qui les suit depuis leur arrivée.

La presse est très curieuse de savoir comment le skipper pourra imposer son commandement à ses équipiers supérieurs en grade. Le colonel, très disert à ce sujet, explique qu'il n'y a pas de problème, d'autant plus que c'est la première fois qu'il a la possibilité de choisir son chef. À bord, il sera aux ordres.

Et il attend machinalement qu'on lui ouvre la porte.

*

La veille des au revoir, le colonel et le skipper caporal-chef vont offrir à leurs hôtes un exemplaire du nouveau casque intégral des Sapeurs-Pompiers de Paris, dont ils ont été dotés pour faire face aux éléments extérieurs, vent, embruns, vagues vicieuses et autres cadeaux coquins de l'Océan. Les Québécois seront donc les premiers Américains à avoir essayé ce modèle, qu'ils ont adopté depuis.

Et, à force d'y penser, l'instant magique se rapproche inéluctablement. Cinquante-sept monocoques et multicoques prennent sagement la ligne de départ qui leur a été fixée, comme en Formule 1 automobile après essais de vitesse. La scène est grandiose. Il y a du monde partout sur les plaines d'Abraham, au château Frontenac qui fait penser à celui du prince Charmant de Blanche-Neige, sur la somptueuse ligne de départ à bord du trois-mâts école argentin *Libertad*, d'où sera tiré le coup de canon libérateur des concurrents sur l'eau, en présence des personnalités officielles, premier ministre du Canada, premier ministre du Québec, maire, présidents et sponsors, dans un vrombissement d'enfer des Snowbirds, la patrouille acrobatique de l'Armée de l'air canadienne qui ouvre la route.

Les *Kriter Brut de Brut* se sont parfaitement intégrés. Sur leur ligne, la plus lointaine, réservée aux plus rapides, ils ont assimilé cette position vedette qui leur paraît soudain très naturelle. Dans leurs rêves les plus fous, ils n'avaient jamais imaginé une telle situation. À bord du *Libertad*, les importateurs de Kriter apprécient. Ce sont d'anciens sélectionnés olympiques habitués à la grande mise en scène.

Juste avant le compte à rebours, une vedette apporte un télégramme d'encouragement adressé à l'équipage de Kriter par le Délégué aux risques majeurs. Au fait, personne ne nous a raconté lequel du skipper ou du colonel a gardé le message sur son cœur.

Et pan, c'est parti ! Dans une débauche de couleurs, et de froufroutement des spis, aussitôt couvert par les cris d'admiration et les encouragements d'une foule surexcitée par ce spectacle inoubliable. Le vent est faible et fait durer le plaisir. Insensiblement, la course s'installe et *Kriter Brut de Brut* paie son poids et doit laisser passer les concurrents les plus légers. Il ne sera pas nécessaire d'attendre très longtemps pour qu'il y ait de l'animation. *Radio Canada* (ex-*Kriter VII*), champion des champions des baptisés, puisqu'il a bénéficié d'un parrain d'un grade très élevé, le cardinal Léger, primat du Canada, inaugure le bal des maudits avec l'éclatement de son spinnaker, imité presque aussitôt par *Frankenstein 90*, skippé par Daniel Gilard (de l'ex-*Kriter II*) ; le prao *Guadeloupe* des frères Thellier perd son mât; et le trimaran italien, multicolore comme il convient aux T-shirts de son sponsor Goldie Italia, se retrouve sur les cailloux.

Le Saint-Laurent est capricieux. Le courant s'inverse et voilà notre *Kriter Brut de Brut* qui doit d'urgence jeter l'ancre pour ne pas reculer, puis se soumettre à un régime de galérien, à chaque variation de vent, pour manœuvrer les voiles. Le moral en prend un coup et la nuit tombe. Demain, il fera jour.

Sur la moitié de la flotte, on petit-déjeune en attendant que ça se passe. De temps en temps, il y en a un qui touche une petite risée. Et puis la règle du jeu a laissé à chacun le choix d'une option à prendre. À gauche ou à droite ? Pile ou face. C'est mieux que le bonneteau, une chance sur deux. Ça arrive à tout le monde de se tromper ! À la bouée de Matane, *Kriter Brut de Brut* se pointe en vingt-septième position. Coutures, réparations et la récompense : un petit vent qui va tenir le coup un bon moment. Le trimaran apprécie et se fait une joie de remonter la flotte des monocoques, avec un salut attendri à un ancien membre de la famille *Kriter IX* qui est redevenu *Sébastien* aux mains expertes du clan Viant.

À Paris, le centre de presse de la course occupe tout le premier étage de la tour Eiffel. C'est une grande première, due à la francophonie et aux relations privilégiées entre les maires de Paris et de Québec. L'informatique et l'information y font merveille sous l'impulsion de Thomson et de son patron du groupe grand public Jacques Fayard, qui va révolutionner le contact en mer, et d'Yves Devillers, animateur multitalentueux.

Kriter Brut de Brut est en course depuis deux jours. Le vent a encore faibli et sur l'estuaire du Saint-Laurent deux énormes baleines jouent les accompagnateurs. La tour Eiffel, qui donne les informations, les positions et les classements avec le Centre national d'études spatiales (CNES), annonce que les concurrents de tête sont déjà dans l'océan et ont touché une dépression sévère. À bord, on touche plutôt la déprime, d'autant plus que l'espoir et son contraire se succèdent selon le régime.

Quoique *Kriter Brut de Brut* tienne le coup, et ses novices aussi... Il n'y a pas à ignorer les jolies pointes de vitesse, le passage entre Saint-Pierre-et-Miquelon « comme une fleur ». Mais, devant, il fait chaud : *Charente-Maritime* annonce à Paris que la dépression lui tient compagnie et qu'il a fait des pointes à trente-quatre nœuds ! Soixante-quatre kilomètres-heure ! Devillers a demandé à Pallu de la Barrière s'il avait pris son pied. Le marin-matheux rochelais a répondu sobrement qu'il avait plutôt serré les fesses. En vingt-quatre heures ils ont parcouru quatre cent soixante milles, plus de dix-neuf nœuds de moyenne. Le même Pallu, interrogé par le même Devillers, s'étonne moins puisqu'il répond :

– Oui, mais on n'a pas tout mis dessus !

L'examen des flots Argos qui distille les renseignements venus de l'espace fait apparaître à la tour Eiffel que le Canadien Michael Birch sur son bolide Tag a couvert cinq cent vingt et un milles en vingt-quatre heures, quasiment vingt nœuds de moyenne, du trente-sept kilomètres-heure... à la voile sans que Birch y ait prêté la moindre attention ! Hallucinante, cette dépression qui ne quitte pas les bateaux de tête.

Kriter Brut de Brut n'était pas au « passage à niveau ». À bord, on est partagé entre la fierté et la performance quotidienne qui atteindra son apogée avec trois cent quatre-vingt-sept milles en vingt-quatre heures, des surfs à vingt-six nœuds et des passages à vide agrémentés du voisinage de spectateurs impressionnants comme ce requin géant dont la nageoire dorsale approchait le mètre cinquante de haut, et que Jacques Laisné, le caméraman du bord, a renoncé à faire poser pour la photo.

Une foule considérable s'est déplacée à Saint-Malo pour voir l'arrivée de ces monstres poussés par la tempête, et s'extasier devant leurs vitesses extravagantes. Des milliers de spectateurs enthousiastes passeront la nuit couchés à même le sol et la digue, le sprint pour la victoire se disputant entre *Royale* et *Charente-Maritime* dans un temps moyen d'une course d'escargots.

Mais Québec/Saint-Malo n'était pas à court de surprises. La course dans la course, entre Saint-Cast et la ligne d'arrivée, était dotée d'une jolie prime jugée sur le meilleur temps réalisé. *Kriter Brut de Brut*, justifiant le principe d'Azaïs, qui veut que la vie se partage en deux parties égales de chance et de malchance, trouvait au moment idoine le vent nécessaire et pulvérisait les meilleures performances en trente-six minutes devant l'escorte d'honneur des pompiers de Saint-Malo et de Dinard.

Trente-six minutes, comme deux fois dix-huit. Dix-huit le numéro de *Kriter Brut de Brut*. Dix-huit comme son classement final.

Vous pouvez téléphoner au 18. Je suis prêt à parier que les sapeurs pompiers y sont aussi. Vous pourrez les féliciter dix-huit fois !

Un rêve réalisé pour certains, une aventure extraordinaire pour tous, un événement sans précédent dans une collectivité de sept mille personnes qui a suivi avec ferveur, jour après jour, les performances de « son équipage ». Une nouvelle image donnée aux deux cent mille membres d'une profession, déjà appréciée à divers titres. Québec/Saint-Malo aurait pu ne rester qu'un souvenir, relaté sur quelques lignes dans l'histoire de la brigade, ou évoqué devant une coupe de Kriter lors des multiples réceptions qui accompagnent les cérémonies, officielles ou non, de la vie normale.

Voir des « amateurs » se mesurer, honorablement, à des « pros » dans une compétition internationale, a réveillé des passions en sommeil, suscité le désir de faire valoir sur d'autres terrains les capacités physiques et mentales requises par l'exercice de la profession. Depuis 1984 les Sapeurs-Pompiers de Paris se sont éclatés sur l'ensemble de la planète : marathons de New York, de Moscou, des Sables ; ascensions dans la cordillère des Andes, liées à des missions humanitaires ; rallye des Pharaons ; expédition au nord du cercle arctique...

L'air du grand large a pris naissance dans la baie du Saint-Laurent, et ne s'arrête plus de souffler au-dessus de la tour Eiffel.

Général (C.R.) ANDRÉ CALVEZ

TRANSAT TAG

QUÉBEC/SAINT-MALO – 2 897 milles soit 5 365 km
Départ 19 août 1984 – 13 h 05 heure locale

BATEAU	TYPE	SKIPPER	ARRVÉE
1. ROYALE II	Cat	Loïc Caradec	8 j 19 h 58′
2. CHARENTE-MARITIME II	Cat	Pierre Follenfant	8 j 20 h 14′
3. FLEURY MICHON VII	Cat	Philippe Poupon	9 j 13 h 59′
4. WILLIAM SAURIN	Tri	Eugène Riguidel	9 j 19 h 57′
5. FORMULE TAG	Cat	Michael Birch	9 j 23 h 44′
6. ELF-AQUITAINE II	Cat	Marc Pajot	10 j 1 h 25′
7. CRÉDIT AGRICOLE II	Cat	Philippe Jeantot	10 j 6 h 28′
8. PAUL RICARD II	Tri	Patrick Tabarly	10 j 10 h 58′
9. BIOTHERM II	Tri	Florence Arthaud	10 j 11 h 5′
10. UMUPRO JARDIN V	Tri	Yvon Fauconnier	10 j 14 h 1′
...			
18. KRITER BRUT DE BRUT	**Tri**	**Didier Thomas**	**13 j 0 h 10′**
etc.			

KRITER BRUT DE BRUT
(ex- *Jacques Ribourel* d'Olivier de Kersauson)

Type : trimaran.
Longueur : 24,45 mètres.
Largeur : 13 mètres.

Équipage des Sapeurs Pompiers de Paris

Didier Thomas, caporal-chef (skipper).
Yannick Bersihand, capitaine.
André Calvez, colonel.
Philippe Guillon, lieutenant.
Dominique Boisadan, sergent.
Thierry Martin, 2e classe.

Il était un petit navire

PHILIPPE Monnet est arrivé dans mon bureau accompagné de Xavier Joubert et précédé d'une chaude lettre de recommandation d'Alain Juillet. Un sésame en quelque sorte, puisqu'il s'agit là de l'un des cofondateurs de l'Association fédérale internationale des promoteurs et organisateurs de courses océaniques que j'ai créée à Genève en 1979 et dont j'assumais la présidence. Alain Juillet, c'est tous les *Paul Ricard* avec Alain Colas, Marc Pajot ou Tabarly. Il a été également médiateur dans les moments troubles de la croissance de la course open, et il aime la voile qu'il pratique quand ses responsabilités lui permettent cet écart.

Philippe Monnet lui avait proposé de s'attaquer au tour du monde en solitaire sur un multicoque. Un incident commercial venait provisoirement de rendre le projet impossible et j'étais en quelque sorte le *right man* ou plutôt l'homme qui convient, capable de prendre le train en marche.

J'expliquai alors au marin aussi chagrin qu'incrédule que ce genre de miracle n'était plus dans mes attributions et qu'il me semblait plus efficace qu'il s'adresse directement à Beaune.

*

C'est donc en spectateur à partir de maintenant, que je vais essayer de vous résumer son histoire au travers de son livre de bord, car il appartient à la Saga des Kriter à laquelle, avec sa performance, il a fait cadeau de son point d'orgue.

Un petit point auparavant pour situer ce personnage superdoué qui vit sa vie au gré du vent – le mot étant particulièrement juste dans le cas qui nous intéresse –, de ses fantasmes et de sa fantaisie. Avec son apparence de rêveur angélique, il peut donner des leçons de ski, éduquer les apprentis-cavaliers. Parmi ses prouesses, qui ne sont pas toutes bonnes à médailler, on peut lui attribuer une descente ski-vitesse au kilomètre lancé à La Clusaz en janvier 1986, à cent quarante-cinq kilomètres-heure, et cent quatre-vingt-dix-sept kilomètres-heure constatés par le radar de l'autoroute d'Avallon. Il lui manquait le meilleur temps sur le tour du monde en solitaire, avant d'apporter ses qualités de navigateur à Hubert Auriol, vainqueur du rallye Paris/Le Cap en 1991 avec lequel il repart aussitôt arrivé faire de la moto des glaces au Canada.

*

Il lui manquait donc cette aventure du tour du monde qui lui trottait par la tête.

Le bateau, il l'a trouvé. C'est d'ailleurs le seul crédible sur le marché de la location. Il est né *Jacques Ribourel*, du crayon de l'architecte Xavier Joubert, pour Olivier de

Kersauson. Il a été analysé par les experts et décrit par la presse comme un *Kriter IV* qui a tenu compte de ses expériences. Après Québec/Saint-Malo où il a vaillamment couru sous le nom de... *Kriter Brut de Brut* avec un équipage des pompiers de Paris, il est retourné chez son propriétaire, sur un quai de Loire-Atlantique, d'où il n'a plus bougé depuis deux ans.

À Beaune, l'examen du projet est finalement positif. Il y a eu quand même valse-hésitation au moment où Kersauson a annoncé à la presse un projet identique. Mais, à la réflexion, un duel peut être plus pimenté.

Quand Monnet va retrouver le *Jacques Ribourel* pour le ramener à Brest le soir même, les voiles sont gelées, et il est nécessaire de les jeter dans l'eau de mer pour les rendre praticables.

Afin de tester le comportement du trimaran et de décider des modifications indispensables, il descend en Méditerranée pour la Transmed, épreuve que le bateau a déjà gagnée sous le nom de *Freetime* avec Patrice Carpentier. Il gagne de nouveau avec Yannick Pollet. Cinq mille milles en plein hiver pour remonter à Brest. Résultat pratique : quatre fois plus de travaux que prévu – changer le flotteur, reculer le mât, gréer à vingt-six mètres cinquante de hauteur, reculer le plan du pont... et rentrer chez Joubert début mars.

Philippe Monnet s'est fixé un programme et une discipline d'enfer, une préparation physique et un suivi nutritionnel avec le professeur Klepping du CHRU de Dijon. C'est tout juste s'il accepte de manger sans ordonnance.

En résumé, tout cela est d'un pratique achevé : il habite Cannes, le chantier est à Brest, les gens à voir à Paris, le sponsor à Beaune et la surveillance médicale à Dijon.

La nourriture doit être adaptée à chaque individu. C'est

là une des clés de la réussite. Pour lui, qui a horreur de cuisiner, c'est une question de calories, de vitamines vite mangées. La course en solitaire n'est-elle pas le symbole de la liberté ?

Pour mémoire il va s'astreindre à des séries de tests physiologiques: échographie de tous les organes et artères, mesure du débit sanguin, récupération à la fatigue, test d'épuisement, étude de la dépense de calories à bord, en période de beau et de mauvais temps. Enquête sur l'alimentation quotidienne et le goût. Tout cela une fois analysé, mis sur ordinateur, remué comme à la télé, il en sort la quantité de calories journalières dépensées à bord. Quantité de vitamines nécessaires, et un régime type de trois mille à quatre mille calories quotidiennes fondé sur des conserves lyophilisées, déshydratées avec, au début, une période de nourriture fraîche emballée sous vide, dans des sachets spéciaux, et tout cela en collaboration avec le CERMA de Paris où sont entraînés les pilotes de chasse, de ligne et les spationautes.

À l'arrivée, Monnet aura seulement maigri de huit cents grammes ! Chapeau au professeur Klepping et à son équipe.

Autre sujet important: la pharmacie de bord, et les dangers principaux – troubles intestinaux, coups, blessures, fractures. Au bout du monde, il faut pouvoir se soigner pour sauver son bateau et sa peau. Il passe deux jours au SAMU de Dijon pour apprendre l'utilisation de la pharmacie, confection du plâtre, points de suture, dont il a tiré une expérience précise : il est difficile de se recoudre tout seul même à terre !

Sur le chantier tout a été démonté, le bateau, reconstruit, n'attend plus que la dernière couche de peinture et les célèbres bandes blanche et rouge sur fond bleu marine de Kriter.

Pour retourner à l'eau, il lui a fallu tronçonner quelques panneaux routiers et réverbères, et effectuer quelques acrobaties au-dessus des abris-bus (*Kriter VIII* à La Rochelle s'était contenté d'une station service).

Après quoi il sera prêt pour le baptême à Deauville, où, en présence de Mme d'Ornano et de Mme Boisseaux, Paul-Loup Sulitzer, parrain du bateau, brise la bouteille symbolique du premier coup, en inondant son pantalon et ses chaussures.

La ligne de départ a été fixée pour le 10 décembre 1986 entre le phare du Petit-Minou et la bouée des Fillettes, ce qui de toute façon sera également la ligne d'arrivée. Le rêve est devenu réalité, Philippe Monnet et *Kriter Brut de Brut* sont partis et le compteur tourne.

*

Deux heures après le départ, une poulie casse, le mât évite de justesse de descendre. Monnet a réparé et il valait mieux, ça aurait fait désordre.

24 décembre : aucune vie, pas le moindre cargo, pas d'oiseaux, pas un poisson volant, au large du golfe de Guinée par le travers de la Sierra Leone.

Trois jours de suite, il a fêté Noël avec du foie gras sur toasts et du Pommard 59. Le Kriter, ce sera pour les températures avoisinant les 0°.

La ligne zéro, ce sera pour le 28 décembre à 14 heures. Un verre à la santé de l'équateur, où il a l'avantage d'assister à un spectacle qui lui est absolument réservé, dont il est également auteur et acteur, dans une tenue de rigueur : style Adam, cheveux laqués, maquillé à la bombe d'arbre de Noël jaune citron, violet, argent. Quelques contacts BLU, vérification des livres de bord, *Kriter* est en avance sur les temps records de Colas, Jeantot et du vieux *Patriarch.*

Ciao Atlantique Nord, direction Bonne-Espérance et océan Indien. Changement de tenue, ça va être le moment de mettre les bouteilles au frais.

30 décembre : problème, il faut monter en haut du mât, vingt-six mètres dans des creux de trois mètres, huit heures d'équilibre. *Kriter* est à sept cents milles de Recife au Brésil et à deux mille huit cents de Cape Town. En route pour Cape Town.

Toute la nuit le moindre bruit inquiète, angoisse : si cette réparation lâche, le mât descend... Par Saint-Lys Radio, contact avec Xavier Joubert et son équipe. Conclusion : il faudra s'arrêter au Cap. Bonne année, *Kriter*, la réparation tient pour le moment.

La bonne humeur revient avec une douche, foie gras et Nuits-Saint-Georges, mer calme, coup de vent, réparations, grain, sommeil, bricolage, travaux d'entretien, température qui amorce sa descente, manœuvre, manœuvres.

Encore un coup jusqu'au quatrième étage de barre de flèche avec des creux de quatre mètres, même un singe n'aimerait pas faire ce numéro à quatre mains.

Pour se distraire Philippe Monnet s'amuse à chercher les fonctions de l'ordinateur, en relation avec les données recueillies, en tête de mât, par la girouette et l'anémomètre pour la force et la direction du vent, par le loch, pour la vitesse, ainsi que par le compas, pour le cap magnétique. D'aucuns en pareille occasion se contentent des mots fléchés pour occuper le temps qui passe.

Et ça recommence ! Spectacle majestueux du navire progressant sur la mer fluorescente de plancton. Coup de roulis, mouvements divers, la tête en bas ou dans le bon sens, le navigateur arrive sur le pont épuisé, les mains en sang, son corps heurté partout où il y a quelque chose qui dépasse. Avec la tenue de rigueur, ça donne une idée parfaite du zèbre.

Quelques minutes de repos et, patatras, toutes les alarmes ont quelque chose à dire, dont la découverte étonnante d'un haut-fond de douze mètres, alors que les profondeurs à cet endroit de l'Atlantique oscillent sur les cartes entre quatre et cinq mille mètres. En réfléchissant bien on pourrait essayer de lui donner un nom. À cinq cents milles de Cape Town, la température intérieure de la cabine est équivalente à celle d'un grand salon bourgeois au thermostat bloqué à vingt degrés.

L'océan Indien a envoyé ses observateurs de haut vol, entendez par là les albatros, qui viennent jeter des coups d'œil de plus en plus indiscrets.

La mer courte et hachée multiplie ses facéties, avec des effets comiques comme tomber de sa couchette, prendre le contenu de la boîte de conserve directement sur les genoux, charmantes surprises suivies douze heures plus tard par un traitement-simulation de shaker: une mer épouvantable, des creux courts, du vent et tutti quanti à près de onze nœuds.

L'avion des cameramen du film vidéo a décollé de Cape Town, malgré le climat peu propice, repéré *Kriter*, fait ses prises de vue sans problèmes et est reparti. L'eau est devenue brusquement verte, le trimaran vient de rentrer dans le courant froid de l'Antarctique. Il reste soixante milles avant de retrouver l'équipe de secours.

Puisqu'il va falloir s'arrêter, il est bon de se rappeler que, pour que le record puisse être pris en considération, le skipper ne doit pas descendre à terre, ni accepter quelques vivres que ce soit et seulement recevoir assistance pour la réparation.

Contraint de rester près de quarante heures à quelque

deux cents mètres du Yacht Club, et de voir à la jumelle du pain frais et de la brioche, est un élément frustrant, qui n'était pas prévu au projet. Tout comme interdire à quelques jolies Sud-Africaines en maillot qui en émettraient le vœu, d'effectuer une visite protocolaire.

*

Enfin la liberté, feu vert pour sortir de la baie mais, sur la carte détaillée, on a simplement signalé l'existence recensée de trois cent soixante-quinze épaves.

Changement de décor, mer grise, ciel gris, vitesse de croisière quinze nœuds, sous le regard professionnel de nos albatros-motards.

Kriter entre dans son nouvel environnement, la plage avant sans cesse balayée d'eau de plus en plus ruisselante avec son accompagnement d'humidité ; il faut faire avec, la moindre recette de cuisine étant désormais intimement liée à un exercice acrobatique...

Trois jours plus tard, ça va vite, ça cogne, ça demande une surveillance constante, épié quand même depuis trois jours par le même albatros. Si je puis dire, les choses sérieuses commencent ; ça s'appelle les quarantièmes rugissants. Le soleil y a droit de cité, il faut en profiter rapidement pour faire le tour du propriétaire.

Sur la carte météo, une collection de dépressions au programme.

Premier dimanche dans l'océan Indien, réveil en fanfare sur le pont, sortie directe du sac de couchage en tenue minimale pour prendre une volée d'embruns glacés, sous l'œil rigolard des albatros de service. La douche glacée doit avoir du bon, le pilote a les idées claires,le bateau file comme sur des rails, premier dimanche, la messe est dite.

Pas trop de problèmes jusqu'à cent milles des îles Crozet. Nuit particulièrement agitée, les rêves étant très occupés par la musique lancinante du festival de percussion, section marteau-piqueur. Pour ceux qui aiment le scenic-railway, c'est vraiment le pied, avec accompagnement cardiaque à la moindre embardée et des murailles de vagues de douze à quinze mètres totalement irrégulières, comme l'écrit Monnet, *Kriter* est noyé sous l'eau et se débat tel un animal qui veut échapper à la noyade, et moi avec lui.

Ça va continuer de pis en pis. Quand on allume une allumette elle s'éteint, quand on a enfin réussi à faire bouillir de l'eau et à faire infuser une tasse de thé, on a rarement le temps de la goûter, il y a toujours une vague pour la propulser ailleurs.

En somme, le seul antidote, c'est sans doute de se coucher, on peut au moins rêver, mais on ne va jamais jusqu'au bout de son rêve, il y a toujours une vacherie pour vous réveiller. En fait, ça s'arrête et ça repart, ça va, ça vient avec de très jolies surprises. Par exemple, essayer de profiter d'un entre-temps pour passer à la vidange du moteur en prenant garde de ne pas renverser d'huile, ça ne rate pas: un coup de roulis en réserve va vous aider à vous transformer en phoque sortant d'une citerne de gas-oil.

Bref, si vous voulez les détails, Philippe Monnet les raconte* mieux que moi puisqu'il y était, lui, et puisque, s'il y était, c'est qu'il voulait y être... Il avait les notions largement nécessaires pour savoir que ce n'était pas une promenade de santé, et que chaque jour qui passe est significatif de lendemain.

* *Un autre monde,* Éditions Les Sept Vents.

En attendant les surlendemains, les albatros ont laissé la place aux dauphins qui s'amusent bien, eux. Le navigateur lui, compare les routes de ses prédécesseurs, ça baigne. Ça commence à baigner aussi du côté des icebergs, il doit y avoir relation de cause à effet, car la veille assurée à bord de *Kriter* pendant le sommeil est garantie (certainement par hasard) par un cierge qui brûle au-dessus de la table à cartes.

Talisman efficace puisqu'à son réveil, le 31 janvier, il va se fêter ses vingt-huit ans, et on peut dire qu'il est gâté : temps bouché, pluie, brouillard à donner des complexes aux Londoniens. Les îles Kerguelen à près de quatre-vingt-dix milles, il n'y a plus qu'à croiser les doigts (à quatorze nœuds), pour ne pas rencontrer de glace.

Le navigateur se fait analyste en constatant le désordre du système climatique, beaucoup moins régulier que celui du nord. Dépressions et anticyclones font un peu ce qu'ils veulent, leurs mouvements sont imprévisibles et très rapides.

Avant son départ de Brest, les amis de Monnet lui ont donné une lettre à n'ouvrir que le jour de son anniversaire. Contrairement à ses habitudes, il a surmonté la curiosité et a très bien tenu. Il l'ouvre donc pour la circonstance et éclate de rire comme vous pouvez l'imaginer, mais le contenu, étant trop personnel, ne peut être dévoilé... Un Pommard 59 et unc boîte de foie gras font l'affaire... à votre santé.

Entré dans sa vingt-neuvième année, Philippe Monnet a quand même aussitôt une bonne surprise : c'est l'obligation de contacter Xavier Joubert pour une nouvelle réparation indispensable. Le port le plus proche utilisable est à trois mille quatre cents milles : Dunedin, au sud de la Nouvelle-Zélande, une ville qui mériterait d'être très connue des Français puisqu'elle est exactement à la verticale sous nos pieds et que la terre est ronde.

C'est ça ou risquer le cap Horn avec un ponton sans mât dans les cinquantièmes et une paire de rames. Et pendant la communication radio un chapelet de catastrophes s'abat sur *Kriter*. Le moment n'est pas à en faire l'inventaire, puisque, de toute façon, comme il l'a raconté, c'est qu'il s'en est sorti.

Surprise, surprise, l'albatros-espion est toujours là, Monnet estime qu'il aime la musique et prétend même l'avoir vu sourire, je ne me souviens pas d'ailleurs qu'il ait précisé si c'était avant ou après le Pommard 59.

Et ça remet ça, avec une nouvelle collection d'humidité saline, de vêtements moisis, de sac de couchage humide, de paquets de mer, des ténèbres lugubres et terrifiantes, des mains gelées pour se battre sur chaque montagne d'écume.

Le point sur la carte se déplace chaque jour à raison d'une moyenne de cent quatre-vingts à trois cents milles.

Pour se distraire, le navigateur vit des moments fascinants avec la collection de fuseaux horaires. Les pincements du froid sont très pénibles, les giclées d'embruns supplice, les doigts ne répondent plus, il est à peu près impossible d'écrire, acrobatique de faire chauffer l'eau, il faut se sangler pour dormir sinon c'est la position de cosmonaute la tête au plafond. Cinq secondes au soleil (c'est une expression), vous êtes trempé, cela vient de partout; en fait que vous soyez sans vent dans les alizés ou dans les quarantièmes où les vagues explosent, de toute façon vous êtes trempé.

Des ennuis et des problèmes, il y en a vraiment un catalogue, même plutôt un Bottin: alors, debout, assis, couché, face à son destin, l'homme moderne se bat avec la même impétuosité, le même acharnement que l'homme des cavernes pour subsister.

Et comme c'est à nouveau dimanche, Philippe Monnet a sorti toute la garde-robe. *Kriter* s'élance, s'arrête, revient à gauche, repasse à droite, mais le vent n'est que de vingt-cinq nœuds on s'habitue, ça ressemblerait presque à des exercices d'école de voile, un peu hors normes, avec ses deux cent cinquante milles de parcours quotidien.

Après les exercices, place aux gammes, c'est-à-dire du quinze nœuds de moyenne, des pointes à vingt-cinq nœuds pour rattraper le temps perdu dans l'aquaplaning du creux des vagues. Et quand ça va plus vite, essayer de respirer le moins possible à contretemps, dans une partition de sifflements et de vibrations, de bien mesurer ses mouvements quand les trombes d'eau s'abattent sur le pont. Les coups assourdissants qui viennent de partout, toutes les boîtes, les tiroirs qui ont oublié les injonctions des hôtesses de l'air, vous savez: « En ouvrant les coffres faites attention à ne pas recevoir les objets sur la tête. » À croire que là, on a oublié de les rappeler au voyageur.

C'est fou ce que les objets sont capricieux!

Pour se donner bonne contenance, le navigateur cogne sur tout ce qui bouge, c'est toujours un bleu de plus garanti.

Un essai sur le pont avec la caméra mobile, rien pour la fixer: la mer en profite pour déléguer une vague immense,la caméra tombe. En voulant la rattraper, le caméraman s'ouvre la main sur dix centimètres: voilà une nouvelle occupation, il faudra se soigner, se piquer, l'humidité ambiante n'est pas particulièrement stérile, faire un nœud avec une seule main, la même avec laquelle il va falloir faire les manœuvres, mouliner et, pour finir en beauté, ramasser une superbe gamelle qui aurait pu être la dernière.

Ce sera en tout cas la dernière cohabitation avec cet océan Indien si peu hospitalier.

En se réveillant après un sommeil très chahuté, Philippe Monnet s'aperçoit soudain qu'il est entré dans le Pacifique. Il s'aperçoit, c'est un mot, parce que le temps est aussi mauvais, aussi peu amène, mais la moyenne est bonne. Il n'y a plus qu'à réparer et foncer vers l'arrivée, tout de même encore assez loin puisqu'il vient tout juste de franchir la moitié de la distance.

La situation se présente en résumé ainsi : devant l'étrave Pacifique Sud – obligation de s'arrêter quelque part pour réparer tout ce qui est cassé –, constatation : c'est fou ce que tout peut bien marcher avec des pièces en trop... ou en moins.

Il y a des choses impossibles à assumer en l'état actuel. Seules toutes les opérations envisageables devront porter le label « fait main », main au singulier cela s'entend.

Vendredi 13 février, revoilà l'angoisse, l'albatros de service (l'ange gardien) n'a pas franchi la frontière des deux océans et est retourné sans doute au cap de Bonne-Espérance. Mauvais présage ? Non, il est toujours là, alors que la mer est calme et qu'il y a une grande séance de nettoyage sur le pont : moteur, filtres et bonhomme. Deux jours après, le Pacifique est vraiment pacifique : deux milles en huit heures. Toute la nuit, *Kriter* se balance comme un métronome, un coup à gauche, un coup à droite. Un coup de foie gras ? Non, merci. Un petit Pommard 59 ? Non, non, sans façons...

Et puis toujours la présence sournoise de ces petits îlots et de ces récifs isolés qu'aucune carte n'a enregistrés. Surtout quand la nuit est noire et qu'on lit du Hitchcock.

Ayant décidé de ne pas énumérer la totalité des problèmes pour vous éviter tout frisson, passons donc aux choses positives. L'équipe vidéo qui est venue récupérer les images est en Nouvelle-Zélande dans un village côtier au nom qui colle bien de Bluff mais, pour arriver à Bluff, la description technique normale dans l'argot nautique est que c'est mal pavé.

Le navigateur solitaire récupère en premier le matériel vidéo et fait ensuite le nécessaire en tête et en pied de mât et cætera et cætera. Il était vraiment temps si l'on considère qu'il faut un mât pour porter la voile. Mais il lui faut faire fissa parce qu'on l'attend à Brest.

L'albatros a été remplacé par un observateur à moustaches qui passe son temps à examiner le bateau en tournant autour, attendant peut-être qu'il lui tombe sur la tête un ballon de football.

*

Moyennes extravagantes ! Des pointes à trente nœuds ! *Kriter* joue les torpilles à fleur d'eau. Côté gastronomie, ce n'est pas la joie. Non seulement il faut rester debout ou assis, mais même les boîtes ont tendance à vous échapper à la moindre occasion. Pas question de chauffer quoi que ce soit. Essayez donc pour vous faire une idée de manger en équilibre, même du cassoulet froid.

Dix jours de travaux forcés attendent *Kriter* avant le passage mythique du cap Horn. Toutes les joies sont promises au navigateur, *Kriter* joue au golf : entendez par là qu'il se paye tous les trous, s'enfonce sous l'eau, refait surface. C'est divinement beau un intérieur inondé avec des planchers qui se promènent.

Plus aucun contact avec l'extérieur, Saint-Lys ne répond plus. Il pleut. Il neige.

Le skipper se demande de temps en temps si les terriens

les plus amicaux ont la moindre idée de l'enfer dans lequel Philippe Monnet prépare son éternité.

Les appareils recommencent à fonctionner plus ou moins bien, puisqu'une carte météo de Buenos Aires vient d'arriver sur le bateau avec des prévisions plus ou moins fantaisistes.

À force de dire « ça va venir », ce n'est plus loin, il se rapproche, le cap Horn est là, à minuit pile d'ailleurs. Philippe Monnet devenu cap-hornier s'empresse d'utiliser le droit des cap-horniers à cracher ou à pisser au vent, et constate tout aussitôt qu'il vaut mieux prévoir les effets boomerang.

Enfin, l'épouvantail est passé. *Kriter* a retrouvé l'Atlantique et maintenant ça ne peut aller que de mieux en mieux. Ouais. Ça devrait, quoique l'Atlantique ne doit pas être au courant. Re-belote, comme l'on dit, confortablement installé en Bourgogne, cartes en main, le dimanche après la messe. Et même de mal en pis, vent dans le nez, rafales terrifiantes, creux vertigineux, place au scenic-railway, un régime de douches écossaises, peut-être parce que nous sommes dans les Falkland (Malouines pour les Argentins). On saute en l'air pour retomber profond et subir en fin de soirée un calme irritant. Au réveil, l'enfer que nous croyions avoir subi n'était en fait qu'un petit purgatoire. Pas d'autres solutions que de « faire avec », une houle de six à huit mètres qui se cogne contre des vagues, pour produire des murs de dix à douze mètres. Priez pour nous. D'ailleurs, c'est encore dimanche.

Pour la soirée, changement de programme : c'est cinéma. Chaque fois que *Kriter* entre dans la vague il s'arrête sur place, au fait c'est peut-être ça le purgatoire, celui-là durera toute la nuit pour permettre au vent d'essayer ses échantillons à soixante, quatre-vingts et même plus de cent nœuds sous les grains. La barre est dure à tenir, les bras font mal, ça s'appelle de la survie et ça permet de provoquer la tension constante. Les déferlantes sont monstrueuses, imaginez ça devant un immeuble de six étages. *Kriter* n'a jamais été aussi chahuté, ce n'est pas possible, il va finir par se retourner. Philippe Monnet estime que dans ces vingt-quatre heures il a plus transpiré que pendant le parcours entier. Et transpirer, quand on est trempé et qu'il gèle, c'est une expression qui marque un homme.

La route est encore longue, les quarantièmes sont enfin franchis, la tempête est fatiguée, le vent tombe, le ciel se purge. Il y a bien longtemps que le navigateur n'avait pas vu la lune et le nouveau calme lui permet de découvrir à nouveau l'albatros suiveur, pas pour longtemps d'ailleurs car, satisfait d'avoir été reconnu, il s'en va pour toujours dans son secteur préféré.

Après tant d'heures de combat, repos, huit heures de sommeil où l'homme confie son âme à Dieu. Pas mal le résultat, le soleil a percé, le trimaran file ses huit nœuds dans une brise légère. Philippe Monnet renvoie la toile et reçoit sur la tête un poisson de soixante centimètres qui va remplacer agréablement les boîtes habituelles.

La vie change à une vitesse extraordinaire et le T-shirt remplace la parka. Quant au bateau, il faut avouer qu'il s'est très bien conduit, voilà ce que c'est d'avoir fait confiance à un architecte en composite.

On prend vite ses habitudes, dix heures de sommeil, soleil, farniente, la carte fait défiler des noms magiques qui avaient participé à la naissance du projet: Uruguay, Buenos Aires, Montevideo, Rio et la croix du sud, qui va bientôt nous quitter dès la rentrée dans l'hémisphère Nord. Ce n'est pas désagréable de changer d'étoile.

À bord aussi, changement de programme. La chaleur

est moite, poisseuse. La vie s'anime. *Kriter* croise un paquebot avec fiesta à bord, puis un énorme tanker avec lequel s'engage un essai de communication dans une langue incertaine. La surface de l'eau est désespérément plate, *Kriter* fait sécher son linge.

Avec des documents imperceptibles, petit à petit comme l'oiseau fait son nid, le trimaran s'approche du pot au noir. En pleine nuit, une trombe d'eau chaude s'abat sur *Kriter* puis s'arrête aussi soudainement qu'elle est venue, et la vie est belle.

Plus question de dormir à la cave quand il fait beau dehors.

Les conditions de navigation et le climat redeviennent classiques: pas de vent, du vent, des grains. L'équateur, c'est pour bientôt et hop la famille Kriter est dans l'hémisphère Nord, bonjour l'étoile du berger. Le plus dur est fait, le reste n'est que formalité et pour commencer bombardements en règle de poissons volants: premier bombardement, trois cadavres sur le pont; ça améliore l'ordinaire; deuxième bombardement, cinquante-trois cadavres au réveil. C'est trop, tant mieux, on pourra inviter les dorades.

Au 1er avril Philippe Monnet est redevenu si décontracté et paradoxalement hargneux qu'il se livre par radio à de lourdes plaisanteries auprès des intimes.

Ayant utilisé des sujets tabous, le retour de bâton est immédiat. La météo n'est pas claire. L'anticyclone est trop gros. Quant aux alizés ils ont dû faire un pacte avec l'Arlésienne.

Pendant plus d'une journée tout s'est arrêté, la mer s'est transformée en piscine et le navigateur en baigneur avec quatre mille mètres en dessous de lui.

Heureusement que la mer ne s'est pas remise en route

à l'improviste. Monnet a pu faire du nettoyage en dessous comme en dessus, faire un peu de mécanique, un peu d'ascension pour découvrir en tête de mât des problèmes qui méritaient son attention. La descente lui réserve une surprise brutale sur plus de dix mètres avec un arrêt au frein avec les doigts sur une drisse sympathique. Selon l'expression populaire, c'était moins une.

Ça s'améliore, la moyenne est passée de zéro à un nœud par petits bonds de puce. En cinquante-quatre heures *Kriter* a quand même parcouru trente et un milles soit à peu près un demi-nœud à l'heure, ce qui fait quand même neuf cent vingt-six mètres.

Les pilot-charts indiquent désespérément le calme total. À minuit, un tout petit poil d'air qui vient de je ne sais où. *Kriter,* qui ne demandait que ça, démarre bien gentiment sous les rayons de lune, tandis que le pilote automatique fait son travail et que l'athlète s'endort sous les étoiles neuves.

Au matin, tout va bien, toujours du vent, une vitesse correcte sans balancement. Il faut nettoyer le pont qui a pris des faux airs de criée, comme un lendemain de marché aux poissons superbement achalandé.

Il serait sympathique de faire connaître au livre des records la performance d'un des poissons volants qui est entré directement par le hublot rejoindre ceux qui étaient déjà en train de frire. Du producteur au consommateur !

La vitesse se maintient lorsque, par le travers de la Mauritanie, la mer se creuse et la vie redevient inconfortable à tenter de lutter avec le célèbre anticyclone des Açores.

Il est temps d'arriver, crac par-ci, crac par-là... L'air s'est rafraîchi, c'est l'heure de la petite laine, le sweat-shirt est le bienvenu. Encore mille cent milles: ça sent l'écurie, mais c'est quand même pas tout près.

Au large du Portugal, *Kriter* accélère, quinze-vingt nœuds, trois cent un milles en une seule journée. Un petit oiseau perdu prend le train en marche, s'installe dans la cabine, goûte un morceau de steak lyophilisé, boit un coup, enfin quelques larmes, et fait la démonstration que la solitude est beaucoup plus acceptable à deux.

Il est prudent de penser à se raser, trois cent soixante et un milles dans la journée. Le marin les a tellement attendus, mais le petit oiseau n'a pas résisté, le changement d'air sans doute. Il a droit au traitement des héros. Trois notes de musique, un salut militaire et plouf dans l'eau profonde.

Premier contact avec la civilisation en VHF avec un chalutier français. Résultat: une invitation formelle à déguster ses huîtres quand on passera par là et un vœu de bon courage pour la réhabilitation terrestre de l'aventurier.

Sur la table à cartes, celle du jour comporte un trait rouge: la ligne d'arrivée.

4 heures du matin, treize nœuds, les mouettes.

Un éclat bleu: le phare de Sein, cinquante milles pour la quille.

Philippe Monnet sent son estomac se serrer, il s'est tellement demandé si un jour il reverrait la pointe du Petit-Minou. Le jour se lève. Tour du propriétaire, vérifications ultimes, il est vraiment temps d'arriver. Ce serait si stupide de démâter à douze milles du but.

La vie en collectivité se manifeste, un hélico, deux hélicos, des voiles, des vedettes de la Marine nationale, des dizaines de bateaux, des visages, des silhouettes, encore un mille et demi, des cris, le Petit-Minou qui devient grand, le champion a encore toute une réserve de larmes et de joie et une sensation joyeuse d'ivresse. Une bouteille de Kriter brut de brut dans une main, une manivelle de winch dans l'autre, et le bouchon saute sous les acclamations et les hurlements des sirènes.

Kriter est entré dans l'histoire : cent vingt-neuf jours, dix-neuf heures et dix-sept minutes.

C'est le dimanche 19 avril, jour de Pâques.

Comme on dit au football : ON – A – GA – GNÉ.

BIBLIOGRAPHIE

En course autour du monde, Jack Grout, *Hachette.*

Moxie, Phil Weld, *Éditions Maritimes et d'Outre-Mer.*

Fortune de mer, Olivier de Kersauson, Jean Noli, *Presses de la Cité.*

To beat the clippers, Alec Beilby, *Penguin books ltd.*

Les héros solitaires de l'atlantique, Gérald Asaria, *Éditions de Messine.*

En course, Thierry Rannou, *Voiles/Gallimard.*

Charente Maritime, Catherine Lépront, *Voiles/Gallimard*

Un catamaran pour vaincre, Marc Pajot, *Éditions du Pen Duick.*

La Route du Rhum, Jean François Buglet, *Solar.*

La Route du Rhum 82, Christian Février, Thierry Rannou, *Voiles/Gallimard.*

La Route du Rhum, Gérald Basseporte, Gilles Gaignault, *Éditions Acla.*

Deux pour vaincre, Eugène Riguidel, Gilles Gahinet, *Robert Laffont.*

Philippe Poupon coureur d'océans, *Olivier Orban.*

Un autre monde, Philippe Monnet, *Éditions les 7 vents.*

L'Équipe, Voiles et Voiliers et la collection de *Neptune-Yachting.*

TABLE

La composition de ce livre
a été effectuée par l'Atelier du Livre à Reims,
l'impression et le brochage ont été réalisés
dans les ateliers de Pollina à Luçon
pour les Éditions Albin Michel.

Achevé d'imprimer en octobre 1992.
N° d'édition : 12539. N° d'impression : 15476.
Dépôt légal : novembre 1992